ツインソウル
行動心理捜査官・楯岡絵麻

佐藤青南

文庫

宝島社

目次

ツインソウル　行動心理捜査官・楯岡絵麻

第一話

人気者を殺ってみた

1

場違いに響き渡る高笑いが不快で、西野圭介は眉根を寄せた。

軽く顔をひねり、ちらりと左に視線を滑らせる。

背中が見えた。男のものだ。リラックスした様子で両脚を広げ、パイプ椅子に座っている。身長はそれほど高くないものの、肩口から腕にかけての筋肉が隆々とした逆三角形のシルエットは、かなり喧嘩慣れしているように見受けられた。

前髪の一部だけを金色に染めた短髪と、細く鋭く整えられた眉、黒地に赤い花柄が散りばめられた光沢素材のシャツ。周囲を威嚇するような大股で繁華街を闊歩する様子が容易に想像できる、絵に描いたようなチンピラ。すれ違う一般の通行人は左右に逸れて道を譲るのかもしれないが、西野は違う。このガラの悪い男よりも背は高いだろうし、筋肉質な体格も劣っていない。

そしてなにより、西野は警察官だった。反社会的勢力の脅しには怯まないし、屈しない。すごまれて道を譲ることなどもってのほかだ。万が一胸ぐらでもつかんでこようものなら、一本背負いを見舞い、組み伏せてやる。

そんなことを考えながら男のシャツにあしらわれた薔薇の刺繍を睨みつけていると、別の声が飛んできた。

「あんた、なにやってるの」

男の肩越しに、女の顔が覗く。

ほんのりと茶色く、ゆるやかにウェーブした髪型にパンツスーツ。恐ろしく整った顔立ちからは、日本人離れを通り越してどこか人間離れした印象を受ける。

「えっ？」

無意識に背筋がのびていた。その広い背中を、冷たい感触が滑りおりる。

「えっ、じゃないわよ。なにボーッとしてんの」

突き放した口調以上に、眼差しが冷たく、痛い。その鋭い視線に晒されると、身体じゅうがピン留めされたように動かなくなる。この氷点下の眼差しだけは、何年経っても慣れない。

女の名は楯岡絵麻。西野と同じ捜査一課所属の刑事だった。

警視庁本部庁舎の取調室。

青白い蛍光灯の光に照らされた空間は、三畳ほどの広さしかない。物が少なく、狭さは感じないものの、窓がないために空気が重苦しい。薄い壁越しにほかの取調室から怒鳴り声が聞こえてくることもしばしばで、刑事である西野ですら緊張を強いられる空間だった。被疑者や重要参考人ならなおのことだろう。デスクを挟んで楯岡の対面に座る被疑者——岩政和哉だって、最初は尋常でなく緊張していた。間違いない。虚勢を張っていたが、シャツの腋のあたりに汗染みができていた。

それなのに……。

「なに。なんかいいたいことでもあるの」

楯岡が猫のような瞳から愛嬌を消し去る。

あるさ。いいたいことなら、もちろん。山ほど。

西野はすっかり汗染みの消えた岩政の腋のあたりを、うらめしげに見つめる。

けれど、ぐっと言葉を呑み込んだ。

「いえ。ないです」

そそくさとノートパソコンに向き直る。いまはただ、与えられた職務を粛々とこなそう。

だが。

「違う」

うんざりしたような声に視線を引き戻された。

「あんた、いったい何年刑事やってるの」

「えっ……と」

警察官採用試験に受かったのが何年前だっけ。以前は即答できたはずなのに、自分もそれなりのキャリアを重ねてきたってことなのかな。

妙な感慨に耽る西野の思考を、こんこんこん、という音が遮る。

「お茶」

楯岡が湯呑みを突き出していた。先ほどの音は、湯呑みの底でデスクを叩いたものだったらしい。

「早くしてよ。とっくに空になってるの。何年も刑事やってるんだから、それぐらいわかるでしょう」

カチンときた。

「いや。わからないです」

「なんで」

なんで、って、なんで？

理不尽さに絶句していると、不満げに鼻を鳴らされた。

「まあいいわ。わかんなくてもいいから、早く、お茶、お替わり」

「嫌です。お茶汲み(ちゃく)は僕の仕事じゃありません」

「じゃあ、なにがあんたの仕事なの」

ぐっ、と言葉に詰まる。記録係を恥じているわけではないが。

けっして恥じているわけではないが。

「ちょっと待ちなよ」と両手を広げて仲裁に入ってきたのは、あろうことか取り調べを受けている重要参考人だった。

「二人とも落ち着きなって。こんなところで喧嘩されちゃ、こっちが気まずい」

なんだこいつ。そもそもおまえのせいで……！

「うるさい！」という西野の恫喝(どうかつ)と、「ごめんなさい」という楯岡の謝罪が発せられたのは同時だった。

西野にたいするのとは打って変わったやわらかい声を、楯岡が投げかける。

「本当。刑事同士で喧嘩されたら、困っちゃうわよね。和(かず)ちゃんのいう通り」

か、和ちゃん……？

くねくねとしなを作りながら両手を合わせる先輩巡査部長を、西野は信じられない思いで見つめた。

「そうだよ。毎日顔つき合わせる同僚なんだから、仲良くしなきゃ」

「私はそうしたいと思ってるんだけど」

本当だろうか。本当にそう思っていて、あの態度なのか。

岩政が身体をひねり、こちらを向いた。

「兄ちゃん、相手はうら若き乙女(おとめ)だぞ。もうちょっとやさしくしてやってもいいんじゃないか」

「お……」乙女——？

しばしぽかんとした後で、西野は噴き出した。

「あんた、楯岡さんが本当は何歳か知って……」

言葉を切ったのは、楯岡の視線を感じたからだった。その眼差しには先ほどまでの冷たさに加え、明らかな殺意がこもっている。それなりに長い付き合いだ。超えてはいけない一線はわきまえている。

「と、とにかく大きなお世話だ。あんたは黙ってろ」

「なんだよ。人がせっかく……」

むっと口角を下げる岩政の向こうから、「ほらね」とうんざりしたような楯岡の声がする。

「いつもこんな感じで、他人の助言を素直に受け入れられないの」

「真っ当な助言なら受け入れます」即座に訂正した。

「なにが真っ当か、どこで判断してるの」

ふたたび言葉に詰まる。まったく、ああいえばこういうでこの人は……。

楯岡が鼻を鳴らした。

「自分にとって都合のいい助言しか、聞き入れるつもりはないってことじゃないの」

「そういうわけじゃ――」

「じゃあどういうわけなのか、聞かせて欲しいわね。せっかく和ちゃんが同僚同士仲良くしたほうがいいって忠告してくれてるのに、うるさいとか黙ってろなんて、どうしていえるのか」

「それは、だって……」

なんだこの状況は。取り調べ中の取調官と重要参考人が一緒になって記録係を責め立てるなんて、こんなことがあっていいのか。

いったいどうなってる。

おかしくないか？

おかしい！　おかしいに決まってる！

責められるべきは犯人だろう。

罪もない市民の生命を理不尽に奪った、この男だろう。

西野は勢いよく立ち上がり、岩政を指差した。

「だってこいつは、人を殺したかもしれないんですよ！」

「なにそれ。だから耳をかたむける価値はないっていうの。あんた、自分がなにいってるかわかってる？」

「えっ……」

鋭く咎(とが)めるような口調に怯んでしまう。

「かもしれない。それだけですべての発言に信頼が失われるっていうの。そんなの人権侵害じゃない。そもそも和ちゃんは被疑者ですらない。重要参考人なの。お忙しい中わざわざ警視庁本部までお越しいただいて、捜査に協力してくださっているの。あんただって刑事なんだから、それぐらいはわかってるわよね」

「え、ええ。まあ……」

もちろんわかっている。

とはいえ、そんなのは建前だ。

やっているものはやっている。

こいつが——この岩政和哉が犯人で間違いない。

事件が発生したのは、四日前の夜遅くだった。

警視庁本部庁舎五階の通信指令室に一一〇番の入電があったのは、午後十一時四十八分のことだ。オペレーターの呼びかけにも応答はなく、なにやらいい争うような声と物音が聞こえ、ほどなく通話が切れたという。

だが、入電があった時点で基地局は特定されており、おおまかな発信源は判明していた。通信司令官は所轄の警察署に出動を指示、近隣の派出所から警官が派遣された。そして江東区千石の路地裏で、若い男が倒れているのが発見されたのだった。

それが今回の事件の被害者である米田祐作だ。二十五歳の米田は新宿の人材派遣会社に勤務するサラリーマンで、事件現場から徒歩八分ほどのマンションに一人暮らししていた。スーツ姿でビジネスバッグを所持しており、職場からの帰宅途中だったと思われる。

発見された時点で、米田にはまだ意識があった。警察官の問いかけに「見知らぬ男に因縁をつけられ、通報しようとしたら殴られた」と話していたそうだ。ところが、暴行を受けたときに脳出血を起こしていたらしく、救急搬送の途中で容態が急変し、死亡したのだった。被害者は副業として動画投稿も行っており、彼のチャンネルの登録者数は十万人にのぼる人気者だったため、ネット界隈(かいわい)では事件が話題になっているようだ。

　捜査線上に岩政が浮かび上がったのは、被害者のスマートフォンを解析した結果だった。被害者は殺害される直前にある動画を削除していた。それを復元したところ、被害者が自撮りしながら喋(しゃべ)っているところに、背後に映り込んでいた通行人が因縁をつけ、削除を要求するという内容だった。捜査本部が映像をマスコミに公開すると、よく似た男を知っているという通報があったのだ。

　新宿に拠点を置く指定暴力団・笹尾組(ささおぐみ)の構成員である岩政には、暴行・傷害の前科が二件あった。覚醒剤取引に関与している疑いもあり、捜査四課がマークし始めていた矢先の、今回の事件というわけだ。

　だが当の岩政は、事件への関与を否認し続けている。事件のあった時間に現場には行っておらず、動画の人物も他人の空似だといい張っていた。動画以外に物証といえる物証も存在せず、捜査本部としては、逮捕に踏み切ることもできない。楯岡にお鉢が回ってきた背景には、そういう事情があった。

　楯岡の『エンマ様』という二つ名は、たんに絵麻という下の名前をもじった言葉遊びではない。しぐさから嘘(うそ)を見破り、被疑者を百発百中で自供に導く取り調べのスペシャリストにたいしての、尊敬と畏怖に由来する呼び名だった。『エンマ様』の前で嘘はつけないというわけだ。

物証が乏しいなら自供を引き出してしまえなんて、相変わらず上層部の無茶ぶりにもほどがある。楯岡さんも大変だよなあと、西野としては同情の念を禁じえなかった。

取り調べが始まるまでは。

「あんた、いったわよね」

楯岡が湯呑みを突き出し。眉の綺麗なアーチ形を崩す。

「なにをですか」

「上から無茶ぶりされて楯岡さんいつも大変ですね、僕にできることがあったらなんでもいってください」

西野の口調を真似たつもりか、声を低く落としていた。

まったく似ていない。恐ろしいほど似ていない。

だが——西野は苦虫を嚙みつぶしたような顔になる。

たしかにいったのだ。

同情からの発言であったが、たしかに、間違いなく。

「でも——」

雑用を押しつけてくれという意味では。

「いったの。いわないの。どっち」

西野が生唾(なまつば)を呑み込む、ごくりという音がやけに大きく響いた。

しかたがない。西野は空になった湯呑みを回収に向かう。

楯岡から湯呑みを受け取ると、顎(あご)をしゃくられた。

「和ちゃんのぶんも」

はいはい、わかりましたよ。もう好きにしてくれ。

投げやりな気持ちでもう一つの湯呑みを回収しようとしたが、岩政は湯呑みの上に手を置いた。

「おれはいい」

「どうして？　遠慮しなくていいのよ」

いやいや、それあなたがいうことですか。

「本当は、お茶はあんま飲まないんだよね」

「そうだったの。早くいってくれればよかったのに」

ん？　なにやら嫌な予感が……。

「でもせっかく出してもらったから、飲まないと悪いじゃん」

「そんなことないわよ。無理しないでいいの。いつもはなにを飲んでいるの。さすがにアルコールは用意できないけれど」

って、おどけたように肩をすくめてますけど楯岡さん。

この部屋には、お茶しかご用意がありませんが？

「まさか。おれだってさすがにこんなとこで酒を飲もうとは思わない。おれ、普段は炭酸が入ってないの、あんま飲まないんだ」

「そうなんだ」そこまでは楽しげだった楯岡の声が、にわかに刺々しくなる。

「西野。自販機でコーラかなにか、炭酸入りのジュースを買ってきて」

「な」なんでおれがっ……！

身体じゅうの血液がいっきに頭に集まったせいで、視界がうっすらと白んだ。

2

コイン投入口に硬貨を入れ、怒りにまかせて乱暴にボタンを押した。

その直後、間違いに気づく。

コーラを買うつもりが、オレンジジュースのボタンを押していた。

紙カップ式自動販売機の取り出し口には、すでにカップが落ちている。すぐにドリンクの注入が開始された。

「ああっ！　もうっ！」

その場で地団駄を踏んでいると、背後から声をかけられた。

「なにやってんだ、西野」

先輩刑事の綿貫慎吾だった。目線の高さは西野と同じでも、ほっそりとしているためにスタイルがよく見える。神経質そうな頬と眼鏡の奥の鋭い目つきが狡猾な印象だ。

「別になにも」

「なにもってことはないだろう。こんなところで暴れてるんだから」

「暴れてるわけじゃ……」

そこまでいって、周囲の視線が集中しているのに気づいた。

西野がいるのは本部庁舎十七階にあるカフェスペースだった。一般市民は立ち入りできない場所で、昼どき以外でも職員たちの休憩所として利用されている。その一角に紙カップ式の自動販売機が設置されていたことを思い出し、エレベーターでのぼってきたのだった。

「最近琴莉ちゃんと上手くいってないのか」

綿貫が口にしたのは、西野の恋人の名前だった。坂口琴莉。川崎市の総合病院で、看護師として働いている。

「いや。別に。そっちは順調ですけど」

「畜生っ！」

いきなり綿貫が床を蹴ったので、思わず飛び上がった。

「なんなんですか、いったい」

綿貫は懐から財布を取り出した。そこから千円札を一枚引き抜き、背後に差し出す。

どこからともなく現れ、「毎度」と千円札を奪ったのは、筒井道大だった。綿貫と同じく、捜査一課所属の刑事だ。角刈りに広い肩幅、何年前から愛用しているのかと思うほどくたびれたジャケット。つねに険しい印象の鬼瓦のような顔に、珍しく笑みが浮かんでいる。

「だからいっただろ。西野はまだ捨てられてないって」

勝ち誇ったようにいいながら、折り畳んだ千円札をジャケットのポケットに突っ込む。

「おっかしいな。おまえらが付き合い始めて、もう半年ぐらいだよな」

綿貫が口をへの字にした。

「ええ」

つい先週、表参道のレストランで交際半年記念のディナーをしたばかりだ。

もっとも琴莉に教えられるまで、西野はそのディナーの意味合いを理解してすらいなかったのだが。交際半年記念だなんて。記念日はせめて一年単位にして欲しい。

それはともかく。

「たしかに普通の女ならそろそろ西野に飽きるころだと、おれも思うがな」

筒井が神妙な顔で顎に手をあてる。

「それならどうして捨てられてないほうに賭けたんですか」

綿貫が訊いた。

え？　賭けた？

「ネクタイだよ。ネクタイ」

「ネクタイ、ですか」綿貫が首をひねる。

「ああ。西野はこのところ、毎日違う柄のネクタイをつけてるだろ。以前はそんなことなかった。おそらくは毎日恋人が選んでる」

意外に鋭い。スーツのバリエーションがないのだからせめてネクタイぐらい毎日違うものにして変化をつけなさいと、琴莉にいわれていた。出勤前にはその日選んだネクタイを撮影し、写真を送るのが、毎日の習慣になっている。

「あとはあれだな。視線だ」

筒井が顎をしゃくる。綿貫と西野はその方向を見た。

紺色の制服を着た若い女性警官が、窓際の席でテーブルに頬杖をついてスマートフォンをいじっている。休憩中なのだろう。

「かわいいですね」

心の声がぽろりと漏れた。

「あれは誰ですか」と訊ねる綿貫に、筒井は告げた。

「総務課の林田シオリ。この春、世田谷南署から異動してきたらしい」

「だからか。見ない顔だと思ったんですよ」

そこまでいって、綿貫は首をかしげた。

「で、彼女がどうしたんですか」

「見てみろ。白い肌にぱっちりした目。愛嬌のある顔立ち。おまけに胸もデカい」

「はあ」

まだわからないのかという感じに綿貫を一瞥し、筒井がふっと息を吐いた。

「どう考えても西野の好みだろ。なのに西野はまったく興味を示していなかった。それどころか、おれがいうまでその存在にすら気づいていない様子で、彼女から視線を素通りさせていた。西野の視界に入っていたのは明らかなはずなのに、だ」

綿貫が手の平を反対のこぶしで叩く。

「なるほど。いまの彼女との関係が上手くいってる」

「そういうことだ」

「すごいじゃないですか、筒井さん。視線の動きだけでそこまでわかっちゃうなんて、まるでエンマ様だ」

「あんなやつと一緒にされてもな」

「当然エンマ様以上です」

満足な評価だったらしく、筒井がにんまりとする。

「行動心理学だなんだ難しい御託を並べなくても、人の考えを見抜くぐらい、おれにだってできる。最近になって、ようやくあいつの怪しげなまじないの原理がわかってきた」

「さすがです。いやあ、筒井派でよかった！　一生ついていきます！」

「馬鹿野郎。お世辞をいってもおれにはわかるぞ」

「見抜かれちゃいましたか」

綿貫が揉み手をし、筒井が高笑いをする。

お決まりのやりとりをあきれながら眺めていた西野だったが、ふと我に返った。

「ちょっと待ってください。なんで賭けてるんですか」

「堅いことをいうな」

「いや。西野のいう通りです。警察官が賭け事はいけません。ですから筒井さん、さっきの千円を――」

綿貫が返金を要求する。

「そうじゃなくて。なんで僕のプライベートな事情で賭け事なんかしてるんですかってことです。失礼じゃないですか」

「おれはまだ捨てられていないほうに賭けたんだぞ」

「でも西野。琴莉ちゃんに捨てられていないんなら、なにを荒れてたんだ」

綿貫が不思議そうに顎を触った。

「ってか、二人ともなんで僕が捨てられる前提なんですか」

「おまえが捨てる側になるわけない」

筒井は自信満々に胸を張った。

その後、西野はことの成り行きを説明した。筒井がほれ見たことかという感じの渋面になる。

「楯岡のやつ、またそんなことを。ホシをつけ上がらせるだけだってのに」

「ほんとそうです。あのまま筒井さんに取り調べさせてくれてれば、岩政のやつ、いまごろとっくにゲロってましたよ」

楯岡が取調官に任命される直前に、岩政の取り調べを担当していたのが筒井だった。

「だいたい刑事のくせに色仕掛けなんて」

筒井がしかめっ面で腕組みをする。

「でもあれには――」

あれにはちゃんと目的があって。楯岡を擁護しようとした西野よりも先に、綿貫が口を開いた。

「あれは色仕掛けじゃなくてサンプリングです」

西野と筒井がきょとんとするのをよそに、綿貫は続ける。

「嘘を吐くことへのストレスを軽減しようとする無意識のなだめ行動を見極めるには、相手の普段からの癖を把握する必要があります。鼻を触ったから嘘とか、そういう単純なことではなくて、たんなる癖であったり、あるいはたまたま風邪を引いていて鼻水が出るとか、そういう可能性もあります。だからあえてご機嫌を取って相手をリラックスさせ、普段の癖を把握するんです。色仕掛けとは違います。だよな、西野」

驚いたせいで、反応がワンテンポ遅れた。

「そうです。その通りです」

あれはすべて、取り調べ相手を油断させるための演技だ。それを理解した上でなおやきもきさせられるのは、楯岡の演技力が並外れているせいか、それとも自分に学習能力がなさすぎるのか。

「綿貫。おまえいったいなにいってんだ」

筒井が露骨に不機嫌になった。

「なにって、エンマ様のやってることがただの色仕掛けじゃないってことを説明……」

「だからぁっ！」カフェスペースじゅうに響き渡る怒声に、綿貫と西野はびくっと肩を跳ね上げた。

「誰がおまえに説明してくれなんて頼んだよ」

胸ぐらをつかまれた綿貫が、あたふたと視線を泳がせる。

「え、と……エンマ様の」

「だからなんなんだおまえは！　いつからエンマ様信者になりやがった！　あ？　い

まおまえ、筒井派だっていったよな？」

「いいました。もちろん筒井派です」

「ならなんで楯岡を擁護する！」

「擁護しているわけじゃなくて、あの人がやっていることを説明――」

「それが擁護だっていってんだよ！　この裏切り者が！」

「裏切ったつもりは――」

「裏切りだろ。これはどこからどう見ても……」

ふいに筒井が言葉を切った。

なにかに驚いた様子で動きを止めている。

西野は筒井の背中越しに覗き込んだ。

そこにはシオリがいた。先ほどまで退屈そうにスマートフォンをいじっていた彼女が、いまはすぐそばで筒井を見上げている。

「な、なんだ……」

筒井の声からは怒りが抜け落ちていた。

「捜査一課の筒井さんですよね」

シオリは大きな目をぱちくりとさせた。

「なんで知ってる」

「すごい刑事だって、所轄でも噂になってましたから」

「そうなのか」と筒井の戸惑うような声を、目を丸くした綿貫の大声がかき消す。

「本当に？　それって良い噂？」

「もちろんです」

シオリがこくりと頷く。

「なんだ。おれについて良い噂が立てられるのが信じられないって口ぶりだな」

筒井は不満げだが、その視線には先ほどまでの棘がない。

「ちなみにどんな噂ですか」

西野は訊いた。

「いろいろです。正義感が強いとか、犯罪を憎む気持ちが強いとか、間違ったことが大嫌いだとか」

正義感が強い。犯罪を憎む気持ちが強い。間違ったことが大嫌い。

頭の中に疑問符が浮かぶ。

それって、ぜんぶ同じことじゃないか？

だが、筒井は喜びを抑えきれないといった表情で、鷹揚に手を振る。

「やめろやめろ。面と向かってそんなことをいわれるとむず痒(がゆ)い」

「でも本当のことですから」

「まあ、警察官としては当然のことだがな」

「その当然のことができる警察官って、実は少ないと思うんです」

正義感が強いとか犯罪を憎む気持ちが強いぐらいなら、とくに少なくはないと思うけど。

だが筒井の機嫌が直りかけている。ここは静観するべきか。

「申し遅れました。私、総務課に配属になった林田シオリと申します」

シオリは踵(かかと)をそろえて姿勢を正し、敬礼をした。

「そうか。わかった。覚えておく。頑張って仕事に励みなさい」

「あれ。筒井さん、彼女の名前知ってた——」

またもよけいなことを口走ろうとする綿貫の口を、西野はとっさに手で塞いだ。

「所轄にまで噂が轟(とどろ)いているなんて、筒井さん、さすがだなあ」

「名声はあくまで結果だ。それが目的じゃない」

すっかり上機嫌になった筒井は、おもむろにポケットから千円札を取り出し、西野に差し出した。

「これは……？」

筒井の顔と千円札を交互に見る。

「間違えてオレンジジュース買っちまったんだろう。こいつでコーラを買え」

「でも、僕のミスなんで――」

「いいんだいいんだ。取っとけ」

千円札を手の中に強引にねじ込まれた。

「あ。それ。おれの……」

綿貫が悲しそうな顔をする。

「筒井さん、やさしいんですね！」

キラキラとした瞳で見上げられ、筒井はさらに有頂天になったようだ。

「持ち上げてもなんも出ねえぞ」

ふっと鼻で笑い、こちらを向いた。

「楯岡にもいい加減遊んでないで、さっさとホシに歌わせろといっとけ」

あばよ、と軽く手を上げ、筒井が肩で風を切りながら去っていく。綿貫もうらめしげにこちらを振り返りながら、その後を追った。

なかば呆然（ぼうぜん）としていた西野だったが、ふいに肩を叩かれて我に返った。

「私、カフェラテ。温かいやつ」

「へ？」

「コーラ一杯で千円もしませんよね」

シオリが千円札を握る西野の手もとと、自動販売機を交互に見る。

「そのお金が手に入ったのは、ほぼ私のおかげでしょ」

いわれてみればその通りだ。

誤って購入したオレンジジュースを取り出し、千円札を投入する。このオレンジジュースはどうしようと視線を泳がせていると、

「それはいりません」

シオリがかぶりを振ったので、自分で飲み干した。

「えっ、と……カフェラテ、だったっけ」

「ホットで。今度は間違えないでくださいね。私、冷え性なんで」

シオリが自分を抱くようにしながら二の腕を擦る。

西野はホットカフェラテのボタンを押した。

ことん、と紙カップの落ちる音がして、ドリンクの注入が開始される。

「西野さんって――」

西野は弾かれたように振り向いた。

「どうしておれの名前を？」

「さっき話してるのが聞こえたんです。あの筒井っていう人と、背の高い人がそう呼んでたから」

「ああ」そうか。

納得した直後、首をひねった。

筒井っていう人――彼女はいま、そういった。

「筒井さんのこと、知ってたんじゃ……」

シオリは鈴の鳴るような声で笑った。

「まさか。違います。所轄で筒井さんの噂なんか聞いたことありません。でも、ああいうふうにいえば喜ぶじゃないですか、おじさんって」

絶句した。たしかに噂を聞いていたというわりには、具体的な情報はなにも出てこなかった。完全にシオリの手の平の上で転がされていたのか。

西野の驚きをよそに、シオリは自動販売機からカップを取り出し、たちのぼる湯気を吸い込んで恍惚とした表情をする。

「持ち上げてもなんも出ないぞなんていってたけど、カフェラテが出てきましたね」

そういって悪戯っぽく舌を出した。

3

取調室の扉を開くと、楯岡と岩政が同時に顔を上げた。

意表を突かれたせいで、見えない壁に頭をぶつけたような動きをしてしまう。

「なっ……」なんで。

なんで横並びになってるんだ？

デスクを挟んでこちら側が楯岡、奥のほうが取り調べ相手というのが定位置になっている。実際にコーラを買いに出た時点では、その並びだった。それがいまでは、デスクの向こうに二人が仲良く肩を並べている。

西野が疑問を口にするより早く、楯岡に叱責された。

「遅い！　たかがコーラを買いに行くだけで何分かかってるの！」

むっとしたが、反論は心の中だけに留めておく。

「……すみません」

「謝ればいいと思ってるの。ぜんぜん駄目。まったく反省の色が見えない」

人が下手に出れば……。

いくら反省を装ったところで、嘘を見抜くじゃないか。

「なに。その反抗的な目は」

「まあまあ。待ちなって、絵麻ちゃん」

岩政が楯岡を抱き寄せるようにしながら、肩をぽんぽんと叩く。

「彼だって頑張ってるんだよ。頑張った結果のミスなら、責めちゃ駄目」

「でもぉ、和ちゃんは忙しいのに」

西野に向けられたのとは別人のような猫なで声に、かっと頭に血がのぼる。

「おれなら平気だよ。今日はけっこう時間あるから」

「この後用事があるって……」

「そんなこといったっけ？」

「いったぁ。最初に会ったときにぃっ」

「そうだっけ？」

「そうよぉ。忘れたのぉっ？」

楯岡が頬を膨らませ、岩政の肩を人差し指でつつく。

なにやってんだ、この人たちは。っていうか、おれはいったいなにを見せられているんだ。

西野は身震いした。それが怒りのせいなのか、おぞましいものを見た不快感のせいなのかはわからない。

「ああ、そうだった。ごめんごめん」

後頭部をかく岩政は、文字通り鼻の下がのびきっている。すっかり楯岡に心を許したようだ。

「たいした用事じゃないから大丈夫。キャンセルする」

その言葉を聞いて納得したように頷き、楯岡がこちらを見た。

「なにやってんの。早く飲み物置いて」

西野は懸命に怒りを堪えつつ、岩政の前にコーラのカップを置いた。

「ありがとう」

屈託ない笑みを浮かべるこの男は、自分の立場を理解しているんだろうか。

「ところであんた、いったいなにやってたの。たかがジュースを買いに行くのに、何分かかったと思ってるの」

楯岡が立ち上がり、詰め寄ってくる。その瞬間、ふわりと花のようなやわらかい香りが立ちのぼる。だがやわらかいのは香りだけだ。

西野は腕時計に目をやった。自分が取調室を出た時刻を覚えていない。

あてずっぽうに答えた。

「十五分、ぐらい……ですか」

「そんなもんじゃないわよ」と鼻で笑い飛ばした後で、楯岡が正解を告げる。

「二十分」

「そんなに、ですか」

「そう。そんなに長い間、あんたは取調室を離れていたの。この意味がわかる？」

「すみませんでした」

「違う。謝れなんていってない。あんたは二十分もの間、この部屋を離れていたの。その意味がわかるかって訊いているの」

「絵麻ちゃん――」

岩政が発言しようとするのを「黙ってて」と制し、楯岡は西野を睨みつけた。

「意味がわかる？　二十分。それだけの時間、あんたはこの部屋を空けていた。二十分あればいろんなことができる。もっとも、あんたにはジュースを買うぐらいしかできないようだけど」

はいはい、たしかにその通りです。私が悪うございました。

心の中で悪態をつきながら、嵐が過ぎ去るのを待つ。

そのつもりだったが、「西野っ」と鋭い声に反応して顔を上げた。

「聞いてるの」

「はい」

「二十分」

「はあ」

「二十分も経ったの」

やけに絡むな。いい加減にしてくれ。

うんざりとしかけたところで、西野はあることに気づき、はっと顔を上げた。

「もしかしてサンプリングが……」

終わった？

楯岡は取り調べに臨む際、あえてご機嫌うかがいをして相手の緊張を解く。なだめ行動の見きわめには普段の行動パターンを把握する必要があるためだ。この過程をサンプリングと呼ぶ。

二十分というのは、楯岡がサンプリングに要する平均時間だった。

「そういうこと。あんた、何年刑事やってるの」

たしかにその通りだ。何年も行動をともにしているのだから、この人をもっとよく観察しなければと、西野は素直に思った。

西野に詰め寄る楯岡は怒った表情を浮かべていたが、よく見れば頬のあたりが緩んで含み笑いを湛えていた。

4

「サンプリング……って、なに？」

岩政は軽く首をかしげた。その顔には笑みが浮かんでおり、女刑事を疑う様子は微塵もない。

「なにかしらね」

楯岡絵麻は不敵な笑みで応え、岩政の隣に置いていたパイプ椅子を折り畳んだ。それを脇に抱え、岩政の対面に移動する。

「そっち行っちゃうの」

「うん」

「どうして？」

「どうしても」

　そっけなく応じ、開いたパイプ椅子に腰を落とした。腕組みをし、脚を組んで岩政をひややかに見つめる。

　絵麻の態度の変化にやや戸惑った様子を見せたものの、まだ敵だという認識には至らないようだ。

　初頭効果。人間の印象は初対面の三分間で決定づけられる。そして、最初に植えつけられた好感を覆すのは難しい。

「じゃあ、今度はおれがそっちに行っちゃおっかな」

　腰を浮かせようとするのを、強い口調で突き放した。

「来ないで」

　岩政が動きを止める。

「……なんで？」

「なんで？」逆に訊いた。

「なんで重要参考人が、取調官の横に並んで座るの。そんなの聞いたことないわよ。西野、聞いたことある？」

　記録係の定位置から「ないです」と返事があった。

「きみ、もしかしたらここをキャバクラかなにかと勘違いしてない？」

「でも、さっきまでは――」

発言を遮るように、絵麻は鼻から息を吐く。

「本気にしてたの？　きみのことをかっこいいとか、服のセンスが良いとか、佐々木(ささき)蔵之介(くらのすけ)似だとかいった私の言葉を。あんなの嘘に決まってるじゃない。きみを油断させて、普段の行動パターンを把握するためのね。それがサンプリング」

岩政は途方に暮れた様子で、口を半開きにしている。

絵麻は両手を広げた。

「ぜーんぶ嘘だから。本気で魅力的だと思うわけないじゃない、前科持ちの暴力団員で、おまけに殺人の疑いまでかけられている人間を」

「でも、佐々木蔵之介には……」

そこがせめてものこだわりなのか。

だが、絵麻は一刀両断に断って捨てた。

「似てないわよ。同じなのは顔のパーツの数ぐらいで、ほかはとても似てるなんていえない」

「だけど新宿のスナックでは……」

絵麻は笑いを堪えきれなくなった。

「似てるっていわれるって、ホステスからだったの。せめて友達とかかと思ってたのに」

しばらく腹を抱えて肩を揺する。

「男って本当に馬鹿よね、どいつもこいつも。キャバ嬢に阿部寛に似てるっていわれて以来、自分を阿部寛似だと思い込んでる男を知ってるけど、そいつとおんなじ」

「僕は一人にいわれたわけじゃありません」

西野の抗議が飛んできた。

「あんたとはいってないけど」

ぐっ、と黙り込む気配がする。

絵麻はあらためて岩政を見つめた。

「つくづくおめでたい男。私みたいな美人で仕事もできて話題も豊富で魅力的な女が、本気できみみたいな男に一目惚れすると思った？　きみを、無実の罪を着せられそうになっている憐れな男だと思ったとでも？　思ったのよね。思ったからこそ、だらしなーく鼻の下のばしてへらへらしてたのよね。残念でした。ぜんぶお芝居だから。ただの演技。でも、もうその必要はない。きみの行動パターンは把握した。だから終わり。演技終了。あー疲れた。息止めるの大変だったんだもの。きみ、煙草臭いから」

絵麻は椅子の背もたれに身を預け、顔の前で手を振った。

ようやく状況を把握したらしい。岩政の額に血管が浮き出ている。

「このクソアマ。騙しやがったな」

「そう。騙したの。でも、最初に嘘をついたのはそっち」

「嘘なんかついてねえよ！」

岩政がデスクに手を突っ張って身を引く。そうしながら、顎を上げて見下すような目つきで睨んできた。

行動心理学的に説明すれば、デスクに手を突っ張って身を引くのは少しでも相手から距離を取りたい、一刻も早くこの場を立ち去りたいという心理、顎を上げて見下すような目つきをするのは、少しでも自分を大きく見せたいという心理の表れだ。

「きみは事件当日、現場を訪ねていないといった」

「行ってねえから行ってねえっていってんだ。嘘じゃねえ」

「嘘。これを見てみなさい」

絵麻が後ろに手を差し出すと、西野が足もとのバッグからクリアファイルを取り出し、絵麻の手に載せた。

　クリアファイルに収納されているのは、写真だった。暗い廊下を歩く男の姿を、斜め上から撮影したような構図だ。解像度の低い写真を強引に引きのばしたような写りのため、鮮明さには欠けるものの、そこに捉えられているのは岩政本人のように見える。背格好もそうだが、前髪の一部が金色に染められた髪型も同じだ。

「事件の起きる二時間ほど前に、現場近くで撮影された写真。これはどう見てもきみよね」

　岩政は写真を覗き込み、鼻を鳴らした。

「冗談だろ。これどこだよ」

「これがどこかは、きみが一番よくわかってるんじゃないの」

「知るかよ。これはおれじゃねえ」

「どうしてそう断言できるの」

「おれは現場になんかいってねえからだ。そもそもどこだっけ、江東区の千なんとか──」

「江東区千石」

「その千石なんて地名も聞いたことすらない。おれが住んでるマンションは大久保だぞ。組だって歌舞伎町にある。もちろん普段の活動範囲は新宿界隈だ。なんでそんな東京の端にまで行く必要がある」

「なにをしに行ったの」

「だから行ってねえって」

「嘘。行った」

「なんべんいえばわかるんだ。これだっておれじゃねえ」

岩政が人差し指を写真の上に置く。置くというより、叩くような手つきだった。

「体格も似ているし、前髪の一部が金色のところも同じなのに」

「似てるだけだろ。おれじゃねえ」

「よく見て。本当にきみじゃないの」

「違う」

「よく見てみて」

絵麻にいわれ、岩政が身を乗り出すようにしながら写真を見る。

しばらくしてから大きくかぶりを振った。

「やっぱ違う。おれなわけがない」

「だって現場にはいなかったから?」

「そうだ。当たり前だろ」

「でもきみはいま、この写真をよく見て『驚き』の微細表情を浮かべた」

「なんだその微細なんとかっていうのは」

「五分の一秒だけ表れる本心……ってところかしら。普通の人は気づけないけれど、私にはわかる。きみは『驚き』の微細表情を浮かべた。この写真に写った人物が自分に違いないと確信したからじゃないの」

「馬っ鹿じゃねえの」

　吐き捨てるような口調だった。

「その反応を心理学的に説明すると、防衛機制における『逃避』」

「あ?」

「そうやって威圧的な態度に出るのは『攻撃』」

「なにいってんだよ。小難しいことはわかんねえけど、この写真に写ってるのはおれじゃねえからおれじゃねえっていってるだけだ」

　眉を歪めた男の顔を、絵麻は無表情に見つめた。

「やっぱり嘘ついてる」

「なにいって――」

　岩政の反論など聞く気はない。

「きみはこの写真に写っているのが自分だと確信している。にもかかわらず、自分ではないといい張っている。それは嘘をつくときに表れる微細表情でわかる。だけど、こうも思っている。いったいこの写真はどこで撮影されたものだ。現場周辺に、こんな場所あっただろうか」

一瞬、虚を突かれたような間を挟み、岩政が口を尖らせる。

「思ってねえよ」

「答えるまでに間が空いたわね。応答潜時には個人差があるけれど、サンプリングによってえられたデータでは、きみの平常時の応答潜時は平均して〇・五秒。けれど、いまのきみが答えるまでには約二秒の間があった。応答潜時は長すぎても短すぎても後ろめたさを表す」

「そっちがいきなりわけのわかんねえことというからだろ」

「視線を逸らすマイクロジェスチャーも」

「はあっ？」

「人間は唯一本心とは異なる意思表示をする動物だけど、本当に嘘を突き通すのはとても難しいことなの。言葉では嘘をついても、表情やしぐさでそれが嘘であるというサインを発してしまう」

「嘘なんかついてねえ」

「危機に瀕した動物は三段階の行動を踏むといわれている。硬直、逃走、戦闘の三つのF。思ってねえよ、という前に応答潜時が長くなったのは硬直。そっちがいきなりわけのわかんねえことというからだろ、と会話の矛先を逸らすのは逃走。そして——」

「だから！　嘘ついてねえって！」

岩政がデスクを下から蹴り上げる。

西野が椅子を引く音がしたが、絵麻は少しも怯むことなく岩政を見据えていた。

デスクに両肘をつき、両手の指先同士を合わせる。『尖塔のポーズ』と呼ばれるこの姿勢は自信の表れであり、絵麻にとっては攻撃開始のサインだった。

絵麻は唇の片端だけを吊り上げ、不敵な笑みを浮かべた。

「きみがそうやってデスクを蹴り上げるのは戦闘。危機感の大きさは最終段階に入ったみたいね」

岩政は視線こそ鋭いままだが、唇を小さく震わせていた。

やがてデスクに手をつき、立ち上がる。

「帰る！　おれは忙しいんだ！」

「あれぇ？　この後の用事はキャンセルしてくれるんじゃなかったっけえ？」

意地悪く語尾をのばすと、岩政の頬がぴくりと痙攣した。

「別に帰ってもいいけど。でもたぶん、きみは帰らない」

「なんでだ」

「私がこれからなにをいおうとしているのか、気になっているからよ。私がどうしてきみが嘘をついていると、ここまで自信満々に断言できると思うの」

「サンプリングとかなんとか、御託を並べてたじゃないか」

「それを信じてるの？」

岩政は黙り込んでしまった。

「座って。種明かししてあげる」

少しの間逡巡したが、最後には絵麻の指示に従った。

絵麻は余裕たっぷりに話し始める。

「きみはこの写真に写っている人物が自分だと確信している」

「いいや。これはおれじゃない」

「けれど、同時に奇妙だとも思っている。きみは事件現場に行ったけれども、こんなところを通った記憶がない。いったいこの写真はどこで撮影されたものなのか」

「だからさ、なんで人の話聞かずに勝手に話し進めちゃうわけ？　こんな不鮮明な映像じゃ、人物の特定なんてできないでしょうよ。そりゃたしかに、こいつはおれによく似てるかもしんねえ。服装だって髪型だってかぶってる。でも、それは偶然だ。これはおれじゃねえ」

「いいえ。これはきみ」

「だからぁっ――」

声を荒らげる岩政に、冷たくいい放つ。

「これはきみを撮影したものなの」

「あぁっ？」

「これは間違いなくきみなの。数時間前のきみ。この写真は、犯行現場付近の防犯カメラの映像をプリントアウトしたものではない。この警視庁本部庁舎の廊下に設置された、防犯カメラの映像」

岩政が息を吸ったまま動きを止める。

その顔からは、すっかり血の気が引いていた。

5

「自分の写真を見て自分じゃないっていい切っちゃうような人のこと、信用できるのかしら」

絵麻は『尖塔のポーズ』越しに、岩政に微笑みかけた。

「信用できないなら勝手にそう思えばいい。だが誓っていうが、おれは現場に行ってない」

「はい。嘘。現場に行ってないというとき、喉仏に触れるなだめ行動が出た」

喉仏をかく、岩政の手の動きが止まる。

だが、すぐに悪態を取り戻す。

「なんとでもいえ」

「普通、自分にそっくりな——というか、この場合は本当にきみ自身なんだけど、そういう写真を見せられた場合、頭ごなしに否定するのはおかしいわよね。たしかに自分に似ている、自分かもしれない、そう認めた上で、現場には行っていないと主張するはず」

「認めたらヤバいと思ったんだ。現場に行ってないのに、行ったことにされちまうって」

「行ったんでしょう」

絵麻はクリアファイルから、隠していたもう一枚の写真を取り出した。被害者がスマートフォンから削除した動画の一場面をプリントアウトしたものだった。夜道で撮影されたために粒子が粗く不鮮明ながら、岩政らしき男が捉えられている。

二枚の写真を並べてみた。

「この二枚の写真に写っているのは、同一人物に見える」

「たしかに似ているけど、同一人物と断定できるほどじゃない」

「それ、本気でいってる？」

絵麻に半笑いでいわれ、岩政はむきになったようだった。

「本気だ。似ているのは認めるさ。けど、おれは現場に行っていないんだから、こっちはおれじゃない」

岩政が指で弾くようにしたのは、スマートフォンの動画の一場面をプリントアウトしたほうの写真だった。

「こんなに似ているのに。きみがもしも利害関係のない第三者だとして、同じようにいえるのかしら。同一人物と断定できるほどじゃないって」

「いえる」

即答だった。本人としては自信満々を装ったつもりだろうが、応答潜時が短すぎるのも、やはり後ろめたさを表す。

絵麻はふっと微笑した。

「しらを切り通せばなんとかなると踏んでいるの。物証といえる物証が存在しないから」

「やっていないものはやっていない。そういってるだけだ」

無意識に喉仏をさわろうとしているのに気づいたらしく、岩政が手をデスクの下におろす。

絵麻は両手を広げた。

「手の内を隠すつもりはない。現状はきみの思っている通り。私たちにはきみを逮捕に持ち込めるだけの物証がない。証拠といえる証拠は、鮮明さに欠けるスマホの動画のみ。背格好から髪型まで同じに見えるけれど、似ているだけの別人だといい張れるかもしれない」

一瞬だけ、岩政の目尻が下がり、口角が上がった。『喜び』の微細表情だ。

「けれど、きみは現場にいた。米田祐作さんに暴行を加え、死に至らしめた。間違いなく」

「なんでそうなる——」

「臭(にお)い」

絵麻は鼻をつまむしぐさをする。

「服に染み付いた臭いの強さから察するに、きみはかなりのヘビースモーカー。TPOをわきまえるような節度は持ち合わせていなさそうだから、おそらく現場付近の路上でもおかまいなしに吸っていたでしょうね」

「現場には行ってねえけどな」

岩政がうんざりした様子で腕組みをし、椅子の背もたれに体重を預ける。

「現場の近くの路上で、きみの唾液(だえき)がたっぷり付着した煙草の吸(す)い殻(がら)が発見されたとしても？」

ぴくり、と岩政の眉が持ち上がった。

「なんだそれ」

こちらを見つめる黒目の中で瞳孔が収縮する。『恐怖』を表す反応だ。

予想通りの反応に、絵麻は内心でほくそ笑んだ。

「きみ、いつも煙草をポイ捨てしてるでしょ。律儀に灰皿を探すタイプには見えない」

答えはない。絵麻の意図を探るように、視線があちこちに泳いでいる。

勝手に話を進めた。

「路上喫煙禁止条例を無視してところかまわず煙草を吸いまくり、それを道端にポイ捨てするマナーの悪さを、一生後悔することになるかもね」

絵麻が軽く手を上げたのを合図に、西野が分厚い冊子を手渡してくる。

東京二十三区の住宅地図帳だった。

それをぱらぱらとめくる。

「確認しておくけど、現場付近には行ってないし、これまでに行ったこともないのよね」

頷く岩政は少し怯（おび）えているようだった。

「あ、ああ」

「間違いない？」

答えるまでに間があった。

「行ってない」

自分にいい聞かせるような口調だった。

絵麻はにんまりとしながら、ふたたび地図帳に視線を落とす。

「現段階で、現場付近からきみの唾液の付着した煙草が発見されたという報告はない。というか、まだ探してもいない。きみがどこをどう歩き回って現場に向かったか見当もつかないのに、片っ端から地面に落ちてる煙草の吸い殻を拾い集めてＤＮＡ鑑定するなんて、効率が悪いしね。警察だってそこまで暇じゃない」

絵麻の話を聞きながら、岩政の表情に『安堵（あんど）』が広がっていく。

「だからきみに教えてもらう。当日どこで煙草を吸って、ポイ捨てしたのか」

眉根を寄せる表情が返ってきた。

「あった。ここね。ここが事件現場。被害者の米田さんが倒れていた場所」

絵麻は地図上の一点を指差した。江東区千石周辺の地図が掲載されたページだ。

「たしか、きみの普段の活動範囲は新宿だったわね……新宿から現場までの移動手段はなんだったのかしら」

「はあっ？」

「車？　電車？」

「だから行ってねえって」

「電車か」

絵麻は地図のページをめくったり戻ったりする。

「現場から徒歩圏の駅だと、最寄りは東京メトロの東陽町、あとは木場、住吉、ギリギリ清澄白河ということになるかしら。きみはどこの駅で降りたの」

「なにいってんだよ」

「東陽町」

ひとり頷き、質問を続ける。

「東西線東陽町駅には五か所の地上出口がある。そのうちどこから出たのかしら。1番……2番……3番……4番……5番……」

岩政からは目立ったなだめ行動がない。ひたすら混乱している様子だ。

「そっか。土地勘がないのね。東陽町で降りたのは初めて？」

「だから」

「初めてか」

「おれの話を聞――」

「いい加減に」強い口調で岩政を遮った。

「黙ってくれないかな」

鬱陶しそうにいうと、岩政は信じられないという顔で絶句した。

「地上に出たときになにが見えた？　銀行？　ビジネスホテル？　コーヒーショップ？　書店？」

傍目（はため）にはただ呆然と顔を横に振っているだけにしか見えないが、絵麻は微細表情を見逃さなかった。

「コーヒーショップね。ドトール、ベローチェ、どっち？」

「べ、ベローチェ」

「ドトールか。ということは4番出口……」

絵麻は人差し指を地図上に置いた。岩政のしぐさから導き出した、東陽町駅4番出口の位置だ。

「いつもならここから現場までどう移動したかを訊ねるんだけど、今回は煙草を吸った場所を教えてもらおうかしら。どこで煙草を吸ったの。4番出口を出て右？　左？」

「右」のときに岩政が一瞬だけ視線を逸らした。

「右ね」

地図上を動く絵麻の指先を、岩政は食い入るように見つめている。

そのまぶたが、大きく見開かれる瞬間があった。

まさか――。

念のためにもう一度、4番出口から同じ動きを繰り返す。

するとやはり同じ位置で、岩政が同じ反応を見せた。

「……ずいぶんとヘビースモーカーなのね」

その発言の意味するところは理解できたらしく、弾かれたように顔を上げる。

「きみはここで煙草に火を点けた。駅から出てせいぜい二、三〇メートルといったところかしら。ここで一本目の煙草に火を点けている。その後もおそらく二本目、三本目と火を点けながら現場方面に向かった。そして一本たりとも、灰皿に捨てるなんてことはせずにポイ捨てしている」

岩政の顔はもはや真っ白になっていた。

「きみにとっては運試しね。私はこれからきみの辿った足取りを導き出す。その道のりできみが捨てた煙草の吸い殻、ぜんぶ掃除してもらえてたらきみの勝ち。ただし、駅を出てすぐに煙草に火を点けるぐらいのヘビースモーカーだから、現場に至るまでにもかなりの本数を吸っているだろうし、きみにとってはかなり不利になる――」

そのとき、岩政の上体が大きくかしいだ。

「すっ……すいませんでした！　おれがやりました！」

それまでの虚勢はどこへやら、岩政はデスクに額を擦りつけんばかりに、深々と頭を下げた。

6

西野が取調室に戻ってきた。

「筒井さんと綿貫さんにお願いしてきました」

「どうだった？」

絵麻は椅子の上で身体をひねり、後方を見る。

「最初はなんでおれたちがゴミ拾いしなきゃいけないんだって文句いってましたけど、なんとか承服してくれました。楯岡さんが導き出してくれたルートを辿って、アメリカンスピリットの吸い殻を探してくれるそうです」

犯行を自供した岩政は、事件当日に東陽町の駅で降りたことも認めた。つねに煙草を吸っていないと落ち着かないニコチン中毒で、その日も東陽町駅の４番出口を出てすぐに、アメリカンスピリットに火を点けたという。愛飲している銘柄が特殊な上に、ほとんどチェーンスモーカーといってもいい喫煙本数なので、ポイ捨てした本数もかなりの数にのぼるはずだ。捜索は難しくない。

「そう。ありがと」

絵麻は頷き、正面に向き直った。

先ほどまでとは別人のように悄然と肩を落とした男の姿が、そこにはあった。

「ごめんなさい。話が中断しちゃったわね。続きを聞かせて」

「東陽町に行ったのは、昔付き合っていた女が、その街に住んでいるという話を聞いたからだ。その女は、おれが組の運転資金として預かっていた金を持ち逃げしやがった。だから長いこと行方を捜していた。そうしたら、東陽町駅近くのマンションに住んでいるという情報が入った。だから行った」

「その女性には会えたの」

「いや。その女のところに向かう途中であんなことになっちまった」

「なったんじゃなくて、あなたが起こした事件でしょう」

「そうだけど、あいつがあんなことをしなければ……」

「なにがあったの」

「米田だっけ。あいつがスマホで動画撮ってたんだよ、歩きながら」

「きみを撮ってたの」

「いいや。自撮りしてた。スマホに向かってなにやら喋りながら歩いてた。けど、そこには後ろを歩くおれも映ってた。あの男のスマホの画面が見えたんだ。だから動画を消すようにいった。でもあいつ、なんやかんやいい訳して消そうとしないからさ、ちょっと脅してやろうと思って、路地裏に連れ込んだ」

相手が納得しているか確認するような上目遣いを挟み、岩政は続けた。

「あいつは平謝りしながらスマホを操作してた。おれのいう通りに動画を削除してい
ると思ったんだ。だけど、実際には警察に通報してた。それに気づいて、頭にきちま
ったんだ。そこからは止まらなくなった」

目を伏せた沈痛な表情は、演技には見えない。後悔しているのは間違いなさそうだ。

岩政が顔を上げ、訴える。

「殺すつもりはなかったんだ。それだけは信じてくれ」

「わかった。信じるわ」

絵麻の言葉に、『安堵』が広がる。

だがそれも一瞬のことだった。

「きみに殺意はなかった。でもそれ以外は嘘ばっかりね」

絵麻がそういったからだった。

「きみ、意外と嘘をつくのが上手ね。感心した。私以外の取調官なら、きみのいい分

を信じたかもしれない」

岩政は呆然とした様子で固まっている。

「嘘の上手い人間は、一〇〇％の嘘はつかない。本当と嘘を巧みに織り交ぜて、両者の境界線を曖昧にするの」

「う、嘘はついてない」

「それは明らかな嘘」

真っ直ぐに指差すと、岩政がびくっと身を引いた。

「いま褒めてあげたポイントを押さえてない。嘘の上手い人間は、一〇〇％の嘘はつかないの。もっとも、きみがいくら上手く嘘をついたところで、私には無駄なんだけど」

絵麻はおどけた感じに両肩をすくめた。

「以前に交際していた女性が東陽町に住んでいるというのは本当。だけどその女性に会うのが目的だったというのは嘘。被害者がスマホで自撮りしながら歩いていたのは本当。そこにきみが映り込んでいたというのも本当。きみが被害者に動画を削除するようにいったのも本当。けれど被害者がいろいろいい訳して動画を削除しようとしなかったというのは嘘。被害者が動画を削除しているように見えたけど、いつの間にか警察に通報していたというのは本当。そこでかっとなって暴力を振るってしまった、殺意はなかったというのは本当」

岩政の顔からはすっかり表情が失われている。

絵麻はデスクに広げたままの地図上で、人差し指をぐるぐる彷徨わせた。

「きみがたくさんしゃべってくれたおかげで、きみがなにを隠したいのかが浮かび上がってきたわね。きみは東陽町を訪れた目的と、きみが因縁をつけたときの被害者の反応を偽っている。ということは――」

そのとき、背後で扉がノックされた。

「ちょっと行ってきます」

西野が席を立ち、部屋を出ていった。

廊下で誰かと話した後、一分ほどで戻ってくる。

「楯岡さん。筒井さんたちが……」

立ち話の内容を耳打ちされた絵麻は、にやりと不敵な笑みを浮かべた。

「思った通り。きみ、被害者を待ち伏せていたのね」

返事を待つまでもないほどの、『驚き』と『恐怖』の顕著な反応が表れた。

「いまの報告は、きみがポイ捨てした煙草の吸い殻を探しに行った同僚からのものだったんだけど、駅を出てきみが最初の煙草に火を点けたあたりで、早くも四本のアメリカンスピリットの吸い殻を見つけたそうよ。きみが捨てたものかはＤＮＡ鑑定しないとわからないけれど、かりにそのうちの一本でもきみが捨てたものだったとすれば、歩き煙草じゃないってことよね。きみはその場に留まっていた。現場を訪れた目的を偽っていることも考えれば、きみは被害者の米田さんを知っていて、最初から彼に会う目的で東陽町を訪れたと解釈できる。駅の出口付近で煙草を吸いながら米田さんが出てくるのを待ち、ひとけの少ない場所まで尾行してから、彼に因縁をつけた。米田さんはきみの要求に応じて素直に動画を削除しようとしたのにもかかわらず、きみは彼を路地裏に連れ込んだ……おそらく、動画を削除させるのとは別の目的があったから」

「ち……違う」

岩政はかぶりを振ったが、その直前に表れた頷きのマイクロジェスチャーを、絵麻は見逃さなかった。

「違わないようね。きみは米田さんを知っていた」

「知らない」

「嘘。米田さんに会うために、東陽町を訪れた」

もはや言葉も出ない様子で、ひたすら顔を横に振り続けている。

その直前、五分の一秒だけ頷いてしまっていることにも気づかずに。

絵麻は腕組みをし、顎を触る。

「不思議なのは、米田さんのほうはきみを知らなかったであろうってことよね。亡くなる前に、知らない男に殴られたと話している。面識があったのなら、そもそもひとけの少ないところまで尾行する必要もないわけだし。きみはどうやって米田さんのことを知ったの？」

当然ながら素直に答えが返ってくるはずもない。

質問の仕方を変えた。

「米田さんは、裏社会となんらかのつながりがあったの？」

被害者がなにかしらの違法行為に手を染めていて、知らないうちに暴力団の縄張りを荒らしていた。そういった事情が存在するのなら、岩政が一方的に被害者を知っていたのも頷ける。

だが「違う」と否定する岩政からは不審なしぐさは見られなかった。

「知り合いが米田さんとトラブルを起こしていて、解決を依頼された、あるいはきみが解決を請け負った？」

「それはわかったから。『はい』か『いいえ』で答えてくれない？」

絵麻は質問を繰り返した。

「……いいえ」

なだめ行動なし。被害者との間に直接的間接的なトラブルはいっさいなかった。

なのにわざわざ会いに行き、尾行してまでなにかを強要した？

「ああ」そういうことか。

「きみは、米田さんの動画チャンネルの視聴者だった？」

岩政に明らかな『驚き』の反応が表れた。

気づいてみればなんということはない。被害者はチャンネル登録者数十万人を超える動画投稿者だった。ということは、被害者のことを一方的に知る人間が十万人以上存在するのだ。

7

「けど、なんで……」

腕組みをする絵麻の目の前にことり、と紙カップが置かれた。

「なんでって、なにがですか」

西野が隣の席に腰をおろす。

十七階にあるカフェスペースだった。

被害者についての暴行を認めた岩政は緊急逮捕となった。

だが動機については、動画を削除させようとしたら警察に通報され、かっとなって暴行したといい張っている。あらかじめ被害者を知っていたとはかたくなに認めない。

途中から絵麻の取り調べにたいしていっさい口を開かず、貝になってしまったため、いったん休憩を入れて仕切り直すことにしたのだった。

絵麻はカップを口に運ぼうとして、やめる。

「ちょっと。これ、ブラックじゃないの」

カップから湯気を立ちのぼらせる液体は真っ黒だった。いつもコーヒーはミルクたっぷり砂糖多めなのに。

「自販機のミルクが切れちゃったんです」

そういいながら隣に座った西野のカップの中の液体は、乳白色だった。

「あんたのそれはなに」

「これ？　これはカフェラテです」

悪びれる様子もなくいって、カップに口をつける。

「です、じゃないわよ。ミルクが切れてたんじゃないの」

「ええ。切れてますよ。僕がカフェラテを買ったら、売り切れランプが点いたんです」

「だったら普通、そっちを譲るんじゃないの？」

「え。でも、楯岡さんはミルク入り砂糖多めのコーヒーでしょう。これはカフェラテです」

「似たようなものでしょ」

「違います。普通のコーヒーはドリップ式ですけど、カフェラテに使用されているのはエスプレッソなんです」

「なにを一丁前に違いがわかる男みたいなうんちくを披露してるの。ネスカフェゴールドブレンドのＣＭかっての」

「なんですか、そのゴールドなんとかって」

訊き返す西野になだめ行動はない。

ジェネレーションギャップに軽いショックを覚えながら、絵麻はぷいと顔を背けた。

「とにかくミルク入りコーヒーもカフェラテも同じようなものでしょ」

「わかりました。じゃあ僕のと交換してあげます」

カップを交換しようとする手をぴしゃりと叩く。

「やめてよ。もう飲んでるくせに」

「間接キスを気にするなんて、中学生みたいですね」

西野の目が逆さ三日月になった。

「私が気にしてるのは変な病気に感染することよ」

そのとき、若い女の制服警官が歩み寄ってきた。

「あの、よかったらこれ、使います？」

ミルクのポーションを差し出してくる。

「ああ」

西野は彼女を知っているようなので、目顔で紹介を求めた。

「え、と。彼女は総務課の――」

そこからは本人が引き継いだ。

「林田シオリといいます」

「取り調べ中にコーラを買いに来たときに、ちょっと……ちょっとといっても、いいにくいような関係ではないですからね」

「わかってるわよ。彼女にも選ぶ権利があるんだから」

「いちおう僕、彼女持ちなんですけど」

無視してシオリのほうを向いた。

「私は捜査一課の——」

「楯岡さんですよね。楯岡、絵麻さん。前から一度お会いしたいと思っていたんです」

「あら。本当に?」

「はい。被疑者の自供率一〇〇%を誇る取り調べのスペシャリストのお噂は、前にいた署にまで届いていました。お会いできて光栄です」

「どういたしまして」

ふいに、隣の西野が疑わしげな目をしているのに気づいた。絵麻ではなく、シオリのことを疑っているようだ。

「どうしたの」

「いえ。別に」

「そのわりにはなだめ行動出まくってるけど」

「西野さんは、私の発言が本心からのものか疑っているんだと思います」

シオリがいった。

なんで？　という顔で西野を見たが、説明したのはシオリだった。

「さっき筒井さんにお会いしたときにも、似たようなことをいったんです。なんだかお怒りの様子でしたから、あたかも以前から憧れていたかのように振る舞い、誰にでも当てはまるようなことをいってご機嫌を取りました」

「バーナム効果か」

占いなどで用いられる会話術だ。一定の準備を整えた上で会話に臨めば、誰にでも当てはまることをいっただけなのに、相手は自分のことをいい当てられたと解釈してしまう。

なにがあったのかはだいたい想像がついた。

「いま、そろそろミルクが切れるころだっていってたけど」

不審げに眉根を寄せる西野に、シオリは涼しい顔で答えた。

「ここは部外者立ち入り禁止なので、出入りする顔ぶれがいつもほとんど一緒なんです。そして皆さん、お気に入りが決まっているのでだいたい同じものを飲まれます」

「そうか」絵麻ははっとした。

「消費ペースが一定だから、ミルクが切れるタイミングの見当もつけやすい」

「そういうことです」シオリはこぶしを腰にあてて得意げだ。

「この自販機、総務課で管理しているんです。ミルクが切れそうなタイミングを見計らって補充に来てくれるように業者さんにお願いしてるんですが、ルートが決まっているみたいですぐには対応してくれなくて、どうしてもミルクが切れる期間ができちゃうんです」

だからポーションタイプのミルクを用意しているらしい。シオリが指差した自動販売機の近くのテーブルには小さなバスケットが置いてある。あれにミルクが入っているのだろう。

「すごいな。彼女、少し楯岡さんみたいじゃないですか。まるでミニエンマ様だ」

西野の言葉に、シオリがぶるぶると顔を横に振った。

「そんな、恐れ多いです。私なんて楯岡さんの足もとにも及びません。今回の事件でも自供を引き出したそうですね。さすがです」

シオリの賛辞にも、絵麻は浮かない顔だ。

「楯岡さん。さっきからなにか引っかかってるみたいですね」

西野がいい、シオリが心配そうな顔をする。

「どうなさったんですか」

「動機」

　ああ、と西野が虚空を見上げた。

「岩政は最初から被害者のことを知っていて、被害者に会うために東陽町に行ったんですよね」

「そう。それは間違いない。岩政は被害者の動画チャンネルの視聴者だった」

　いまさらそこを否定する意図がわからない。岩政が被害者のことを最初から知っていようがいまいが、罪を認めた以上は関係ないように思えるが。

「被害者の最寄り駅も、被害者が投稿した動画の背景から割り出したんでしたね。そんなのから住んでいるところがわかるなんて怖いな」

　西野が腕を抱え、震え上がる真似をする。

「たしかに、ヨネちゃんのライブ配信とかは自宅の近所の公園とかでやってることもあったから、個人情報わかっちゃうかもですね」

　シオリの口からふいに飛び出した「ヨネちゃん」という呼称に、絵麻と西野は互いの顔を見合わせた。

「ヨネちゃんって、被害者の？」

　西野の質問に、シオリは頷いた。

「たまに見てたんですよ、『突撃ヨネちゃんねる』。あ、『突撃ヨネちゃんねる』っていうのは、ヨネちゃんがやっていた動画投稿サイトのチャンネル名です」

登録者数が十万人を超えるチャンネルなのだから、警察関係者に視聴者がいてもおかしくない。

「おもしろいの？」絵麻は訊いた。

「おもしろいっていうか、ハラハラしてつい見ちゃうんです。架空請求業者に電話したり、怪しげな訪問販売業者に突撃して対決したり、けっこう過激なことをしていたから――」

「動画って、そういう内容だったんだ。てっきりフリスクをコーラに入れたりするようなふざけたやつかと思ってた」

「フリスクじゃなくてメントスですよ」と西野の誤りを冷静に指摘し、シオリは続ける。

「いまは動画投稿者といってもいろんなジャンルの人がいます。西野さんのいったようなテレビのバラエティ番組みたいなののほかにも、ゲーム実況とか歌ってみた動画とか……私がよく見るのは美容系のやつですけど」

「楯岡さん。そういう内容なら、被害者が反社とかかわりを持っていた可能性も、あるんじゃないですか」

西野が真剣な顔でスマートフォンを取り出した。

「ヨネちゃんねるで検索したらすぐに出てくると思います」

シオリのいう通りに検索窓に入力すると、該当のチャンネルが見つかったようだ。

そのうちの一つの動画を再生させてみる。『渋谷でボッタクリと噂のバーに潜入する』と題された動画だ。

まず画面に表示されたのは、黒髪でスーツ姿の若い男の顔だった。

「被害者ですね」

「ヨネちゃんだ」

西野とシオリが同時にいう。この人物が被害者の米田祐作で間違いない。

米田は自撮り棒を使い、自分を撮影しているようだった。背景にＪＲ渋谷駅の駅舎が見える。

『はいどうも、ヨネちゃんです。今日は渋谷に来ております。ボッタクリバーがあるという信頼できる筋からのタレコミがあったので、潜入してみたいと思います』

米田はカメラに語りかけながらしばらく渋谷の街を歩いた。すると、あるとき画面が切り替わり、どこかの店の扉の前にいた。扉以外の背景にはボカシがかかっている。

『到着しました。こちらがボッタクリと噂の』

店の名前にはピーッという音がかぶせられていた。

『これから潜入してみたいと思います』

その後、カメラは隠し撮りになる。米田はビールを何杯か飲んだ後で、八万円という法外な料金を請求され、押し問答になった。だが、反社会的勢力とのつながりをちらつかせて脅してくる店側にたいして一歩も引かず、ついには三千円という常識的な料金を勝ち取るのだ。

「いつもこんなことしてるんなら、反社からの恨みを買っていた可能性はじゅうぶんにありますよ」

動画を見終えるや、西野が興奮気味にまくし立てる。

だが、絵麻は唇を曲げた。

「これ、たぶんヤラセ」

「そうなんですか」

シオリがもともと丸い目をさらに丸くする。

「うん。撮影者は終始一貫してリラックスしていて、緊張が見られない。バーの店主と対峙したときですら、『恐怖』は欠片も覗いていない。それだけなら撮影者が恐怖心の欠如したサイコパスという可能性もあるけれど、この映像、相手の店主のほうも不自然なのよね」

「店主の顔にはボカシがかかってますよ」

だから表情から嘘は見抜けないはずだと、西野はいいたいようだ。

「ええ。表情はわからない。店主がおかしいのは応答潜時よ。一聴すると撮影者との激しい口論になっているけれど、互いに相手の話が終わるのを待って話し始めている。まるで台本が存在する演劇みたいに」

「ヤラセか。それが本当なら残念。ちょっとファンだったのに」

シオリは残念そうだ。

「ほかの動画も見せて」

「わかりました」

西野がスマートフォンを操作し、被害者の投稿した動画を何本か続けて見せてくれた。どれも被害者が詐欺的な手口の悪徳業者と対決する内容だった。そしてそのすべてに、台本が存在するようだった。

「しかも、最後に再生したアダルトサイトの不正請求をしている業者と、最初に見たボッタクリバーの店主は、同一人物」

絵麻の指摘に、西野が顔を歪める。

「本当ですか」

「音声が加工してあるけど、間の取り方やイントネーションが同じ。とくに『殺すぞ』という台詞がわかりやすいかも。両者とも鼻にかかったような発声で、『コロス』の『ロ』が少し巻き舌になるようないい方になってる」

二つの動画の該当部分を何度か聴き直してみて、西野とシオリも納得したようだ。

「ショックー」

シオリが両手で自分の顔を挟んだ。

「被害者と反社会的勢力のかかわりはなかった……」

西野がいい、絵麻が肩をすくめる。

「動画を見る限りではね。被害者はおそらく友人の助けを借りて、反社会的勢力と対決する正義の味方を演じていた。これを見たからといって、本物のヤクザがどうこうするとは思えない」

「じゃあ、動画の内容は関係ないのか」

西野は拍子抜けしたように息を吐いた。

「なんか複雑……でも、考えてみれば毎回単身でそんなところに乗り込むなんて、危なすぎますもんね。本当にやっているわけないか」

シオリは残念そうだ。

「けれどこういう茶番で登録者数十万人もつくんなら、僕らが動画投稿やれば百万人は固いんじゃないですか。なにせヤラセいっさいなしの本物ですよ」

西野の提案を、絵麻は一笑に付した。

「馬鹿だ馬鹿だと思ってたけど、あんたがそこまでの馬鹿だとは思わなかった。なんのために守秘義務があると思ってるの」

「そうですよ。警察官が動画投稿なんて」

「わかってますって。冗談じゃないですか」

二人から同時に責められ、西野が両手を上げる。

「……でも、こっそり偽名でやったら――」

「西野っ」

強い口調でたしなめた。

「西野さん。本当にやめてくださいね。つねにカメラを持ち歩く警官なんかいたら、ぜったいにメイクとか失敗できなくなるし」

「そこ？」

西野は笑ったが、シオリは真剣そのものだ。

「そこです。雨が降って髪の毛がうねってたり、眉毛を濃く描いちゃった失敗顔が世界中に配信されるなんて、耐えられません。もしそうなったら、西野さんを殺します」

「そこまでいう？」

「いいますよ。ねえ、楯岡さん」

シオリに同意を求められ、絵麻ははっと我に返った。

「う、うん。そうね」

「どうしたんですか、楯岡さん」

西野が不審そうに覗き込んでくる。

絵麻は岩政との会話を反芻していた。

――だから動画を消すようにいった。でもあいつ、なんやかんやいい訳して消そうとしないからさ、ちょっと脅してやろうと思って、路地裏に連れ込んだ。

――あいつは平謝りしながらスマホを操作してた。おれのいう通りに動画を削除していると思ったんだ。だけど、実際には警察に通報してた。

――きみが被害者に動画を削除するようにいったのも本当。けれど被害者がいろいろいい訳して動画を削除しようとしなかったというのは嘘。被害者が動画を削除しているように見えたけど、いつの間にか警察に通報していたというのは本当。

──きみがたくさんしゃべってくれたおかげで、きみがなにを隠したいのかが浮かび上がってきたわね。きみは東陽町を訪れた目的と、きみが因縁をつけたときの被害者の反応を偽っている。

「そういうことか」

思わず立ち上がった絵麻を、西野とシオリは不思議そうに見上げた。

8

絵麻が扉を開けて取調室に入っても、岩政は顔を上げようとしなかった。椅子にたいして浅く座り、両脚を投げ出すような座り方で、うつむきがちに自分を抱くようにしている。全身で絵麻にたいする敵意と、高い心理的防壁を示す態度だ。

「こんにちは。たびたびごめんなさい」

笑顔での挨拶にも返事はない。嫌悪感たっぷりに顔を背けられた。

だがもはや、ご機嫌をうかがうつもりはない。

単刀直入に訊いた。

「きみは被害者が投稿した動画のうち、いつの動画に映り込んでたの」

岩政がぎょっとした顔でこちらを見る。

当たりだったようだ。

「被害者の米田さんがいろいろいい訳して動画を削除しようとしなかったのは嘘。米田さんが動画を削除するふりをして警察に通報していたのは本当。きみのしぐさから導き出したこの二つの情報を、私はこう解釈していた。米田さんが因縁をつけたきみにたいしてすぐに謝った。そして、きみの要求に従って動画を削除しようとした。にもかかわらず、路地裏に連れ込んだ。そのときに身の危険を感じた米田さんが、こっそり警察に通報した。けれど違った。米田さんはきみの要求に従って撮影中の動画を削除した。にもかかわらず、きみは米田さんを路地裏に連れ込み、さらなる要求をした。きみが映り込んでいた、過去の動画を削除しろ、と。そこで米田さんは要求に従うふりをして、警察に通報した。きみが削除させようとした動画は、二本あった。事件直前に撮影されていたものと、過去にきみが映り込んでしまったもの」

「違う！　まったく的外れだ！」

「はいはい、わかりました。で、いつの動画？」

「だから違うっていってるだろうが！」

「さすがに一年も前ってことはないわよね……そう、じゃあ半年前？　もうちょっと近い？　三か月前？　もっとか」

真っ青になった岩政が、両手で頭を覆って貝になる。

だが、すでに引き出したい情報ははっきりしている。もはや無駄な抵抗だった。

「二か月前？」なだめ行動なし。

「先月？」

歯を食いしばってこめかみに力を入れたせいか、頭を覆う手の指先がぴくりと動いた。

「先月みたいね。先月の何日なのか教えてちょうだい」

そこから正確な日付を特定するまで、五分もかからなかった。

「先月の二十二日」

絵麻はスマートフォンで被害者が運営していた動画投稿サイトのチャンネルを開いた。画面をスクロールさせ、先月の二十二日に投稿された動画のサムネイルを呼び出す。

「『悪質絵画商法のキャッチセールスについていって対決してみた』っていうタイトルの動画でいいのかしら」

岩政から返事はないが、そもそも必要ない。頭を抱える指先が、力をこめたせいで白くなっている。

絵麻は該当の動画を再生させた。

被害者の米田が登場し、カメラに語りかける。

『はいどうも。ヨネちゃんです。今日は、新宿は歌舞伎町に来ています。この近くで悪質絵画商法のキャッチが行われているというタレコミがあったので来てみました。今回はあえてキャッチについていって、悪質業者と対決したいと思います』

相変わらず『緊張』を微塵も感じさせない下手くそな演技だが、いまは重要な問題ではない。

キャッチセールスを探して街を歩き回る被害者の背景に、絵麻は目を凝らした。

そのときだった。

「いた」

絵麻の言葉に反応して一瞬だけ顔を上げた岩政が、観念した様子でさらに深く頭を垂れる。

被害者とすれ違うかたちで、岩政が画面に映り込んでいた。大きなボストンバッグを肩にかけ、不自然に身体をかたむけながら歩いている。カメラを避けているのだろうが、その動きが余計に目を引く結果になっている。

「おそらく、このボストンバッグの中身が問題なのよね。きみはこのとき、ボストンバッグを持ち運んでいるところを誰にも見られたくなかった。ましてや撮影されて動画投稿サイトに投稿されるなんてもってのほかだった。本来ならばその場で撮影者を恫喝して削除させるのだけど、万に一つでも警察が出張ってくるような事態に発展するのは避けたかったんでしょうね。その場はやり過ごし、後で削除させることにした。米田さんのことは有名な動画投稿者だって知ってたのよね」

本人は気づいていないだろうが、頷きのマイクロジェスチャーがあった。

「以前から視聴者だったから、身元を特定することができると思ったのね。米田さんは動画投稿者として、多くの個人情報を推測できるような動画をネットにアップしている。それらを丹念に調べていけば、だいたいの居住地が判明する。時間をかけて米田さんの過去動画を見返したきみは、米田さんが毎日東陽町駅の4番出口から自宅に帰っていることを突き止めた。煙草を何本も吸いながら待ち、帰ってきた米田さんをひとけの少なくなるところまで尾け、彼が撮影していた動画に自分が映り込んでしまったから削除しろと因縁をつける。動画チャンネルでは正義の味方を演じていたけれど、実際にはすべてヤラセでしかなかった米田さんは、本物のヤクザに絡まれて怖じ気づき、素直に動画を削除した。けれど、きみが本当に削除させたいのはその動画ではなかった。ローボール・テクニックは自覚的に用いたものなの？」

ローボール・テクニックとは、最初にあえて小さな要求を呑ませることで、その後さらに大きな要求をしても相手が断りにくくなるという心理操作術だ。いったん承諾してしまった事実が断ることとの心理的障壁になり、その後の要求を断りにくくなる。

岩政は全身を硬直させたように、ぴたりと動きを止めた。ローボール・テクニックという単語の意味が理解できていないようだ。

「どうやら人を騙したり脅したりする過程で自然に身につけたもののようね。とにかく、最初の要求を呑ませたきみは、米田さんを路地裏に連れ込んでさらなる要求をする。先月の二十二日に動画投稿サイトにアップした動画を削除しろ……と。米田さんは理由を訊ねたかもしれない。けれどきみは答えなかった。答えたくない事情があった。詮索はせずにいう通りにしろと高圧的な態度に出る。米田さんにしてみたら、従ったところで要求は終わりになるのかと猜疑心が芽生えたはず。だから要求に従うふりをして、警察に通報した。そのことに気づいたきみは激昂し、米田さんに暴力を振るってしまった……」

ここまでの推理は間違っていなさそうだ。

絵麻は岩政の反応を見ながら、確信を深めた。

「問題は、先月二十二日の動画に映り込んだきみが担いでいたボストンバッグの中身。不思議だったのよね。きみが被害者への暴行を認めてなお、なぜかたくなに本来の目的を偽ろうとし続けるのか。計画性があったと認めることで、罪が重くなると思ったから？　いや、そうじゃない。服役するのをそこまで恐れているんだったら、あんなふうに暴行を素直に認めたりしない。傷害致死罪で服役することになったとしても、本来の目的を隠さなければならない理由が、きみにはあった」

　そのとき、扉がノックされた。

　応対するために西野が立ち上がろうとするが、それよりも早く扉が開き、何者かが入室してくる。

「いま取り調べ中なんですけど」

「うるさい。おれはおまえの使いっ走りじゃないぞ」

　正面を見据えたままの絵麻の背後から、ドスドスという足音が近づいてきた。

　筒井だった。

「どうだったんですか」

「四課の知り合いに探りを入れてみた。笹尾組ではこのところ、大野（おおの）という若い衆の行方を血眼（ちまなこ）になって捜しているそうだ。なんでも金庫から二億もの現金を持ち逃げしたって話だ。それがどうも、シャブ取り引きで儲けた金らしい」

岩政が堪えきれなくなったように顔を上げる。

「大野くんって、もう生きてないんでしょう」

絵麻はにやりと笑い、筒井がぎょろりと目を剝いた。

「なんだと？」

「そう考えれば、きみがどうして米田さんの動画を削除させようとしたのか、そしてそのことを隠そうとしたのかが腑に落ちる。きみは組から二億の金を持ち逃げし、その罪を大野くんという若い衆に着せた。大野くんさえ亡き者にしてしまえば、きみは安全に二億という大金を手にできるはずだった。けれど、その金を持ち運んでいる途中で、被害者の米田さんの動画に映り込んでしまう。その場で揉め事になって警察からバッグの中身をあらためられるわけにはいかないから、後日動画を削除させることにした。過去の動画を見返して米田さんの居住地を特定しようと必死になるのも当然よね。動画が残っているかどうかで、きみにとっては天と地ほどの差があるもの。あの動画を削除させられれば、きみは安泰。かりに傷害致死で服役したとしても、出所後には二億の金が待っている。けれど、あの動画が残り続けていつか組関係者の目に触れるようなことがあれば、二億どころか自分の生命を失う恐怖に怯え続けなければならない」

絵麻の話が終わるころには、岩政は傍目にわかるほどガタガタと震えていた。

「……した」

「ん？　なんだ？」

筒井が顔を歪め、岩政に訊き返す。

「殺したんだ、おれが！　大野はおれが殺した！」

思いがけない殺人の告白に色めき立つ筒井と西野とは対照的に、絵麻は冷静だった。

「そうか。てっきりきみが殺したのかと思っていたけど、そうじゃないのね。死体損壊や死体遺棄はやったかもしれないけど、殺したのはきみじゃない」

岩政のしぐさがそう物語っている。殺した、という岩政は、視線を逸らすマイクロジェスチャーを伴っていた。

「米田のことも最初から殺すつもりだった！　殺意があったんだ！」

「それはない。すでにはっきりしている」

「頼むよ！　おれは二人殺した！　死刑にしてくれよ！　傷害致死なんかで数年で出所させられたら、組の連中にどんな目に遭わされるか……わかるだろ？　なあ、頼むよ！」

懇願口調でつかみかかってくる。

絵麻はとっさに立ち上がって避け、筒井が岩政を押し留めた。

「おとなしくしろ！」

「頼むよ！　ずっと刑務所にいられるようにしてくれよ！」

筒井一人では抑えきれずに、西野も加勢した。二人がかりで岩政を押し倒す。

「殺した！　おれが殺したんだ！」

床に這いつくばりながら、岩政はなおも訴え続けた。

9

「乾杯！」

西野が差し出すジョッキに、絵麻は自分のジョッキを軽くぶつけた。こつん、と軽快な音が鳴る。

新橋ガード下にある居酒屋だった。事件が解決するたびに祝勝会と称してここで西野と酒を酌み交わすのを繰り返すうちに、この狭く小汚い店の出入り口の引き戸を開くだけで心が安らぐようになってしまった。

絵麻がジョッキをカウンターに置く隣で、西野が早くもお替わりを要求する。

「大将。生中、いや、生大、もう一杯」

「あいよ」

角刈りの店主が愛想よくジョッキを受け取った。

「もうピッチャーで頼んだらどう」

絵麻は自らを律するように、こんこんと側頭部をこぶしで叩いた。西野は酒豪だが、絵麻はあまり強くない。引きずられないようにペースを調整する必要があった。

「そうしたいのはやまやまですけど、ピッチャーが来ちゃうと料理が載りきらなくなるんです。ってかさ、大将、この店カウンターが狭すぎなんじゃないの」

「へえ。すんません」

「なにをいまさらいちゃもんつけてるの。散々通い詰めておいて。カウンターが狭いんじゃなくて、あんたがデカすぎるの」

「僕がデカいんじゃなくて、世界が小さいんですよ」

「相変わらずアフター5には饒舌(じょうぜつ)ね」

そういって鼻を鳴らしたが、西野の呑気さに救われてきた自覚はある。

「それにしても殺人の告白には驚きましたね、あんなの初めてですよ」

「嘘の告白だけどね。米田さんにたいしては傷害致死だし、大野に至っては暴行の事実すらない」

筒井と西野の二人がかりで押し倒した後、岩政が落ち着きを取り戻すまで十分を要した。

その後、岩政のしぐさから導き出した真相はこうだ。

岩政は弟分の大野と共謀し、覚醒剤取り引きでえた二億円を組の金庫から持ち逃げした。最初は敵対組織の仕業に見せかけるつもりだった。だが、大野が突如体調を崩し、死亡してしまう。どうやらかねてから、心臓に持病を抱えていたようだ。そこで岩政は計画を変更し、大野に罪を着せることを思いついた。ところが、大野の遺体をバラバラにして神奈川県の山中に遺棄し、金の入ったボストンバッグを大野のアパートから持ち出したときに、米田のカメラに映り込んでしまった。

大野の遺体と金の在処(ありか)についてもすでに岩政のしぐさから導き出し、捜査員が確認したという連絡が入った。

「しっかし、わざわざ罪を重くして欲しいと願い出るなんてな」

西野は理解できないというように唇を曲げる。

「できるだけ長く服役したいってことでしょ。服役中は衣食住が保証された環境で生活できるし、なにより命を狙われる心配がない」

　あれほど怯えるということは、岩政は出所後、間違いなく笹尾組に命を狙われるのだろう。死刑になったほうがマシだと思うほどの拷問を受け、遺体も発見されず、事件にもならないようなかたちで存在を消されるのではないか。

　西野が大ジョッキを受け取り、刑務所かあ、と頬杖をつく。

　そしてなにかを思いついたような顔をした。

「刑務所の中から動画投稿したら人気出るんじゃありません？」

「あんた、まだそんなこといってんの」

　ため息しか出ない。

「だって、ただ動画を投稿するだけでお金が入ってくるんですよ。すごい人は何百万とか何千万とか稼いでるらしいじゃないですか」

「そのぶん競争が激しい世界なんでしょ。あんたみたいに濡れ手で粟を目論んだお馬鹿さんが死屍累々とした土台の上に、成功者がいるってことなんじゃないの」

「でも、僕がその成功者になる可能性だって、ないわけじゃありませんよね」

「あんた、いちおう公務員でしょ。わかってると思うけど、公務員は副業禁止」

「だから最初は顔を隠して匿名でやるんです。仮面をかぶった人気動画投稿者がいるの、知ってます？」

「仮面で顔を隠しても、あんたの場合はその間抜けなしゃべり方とこの餃子(ぎょうざ)みたいな耳でバレちゃうわよ」

絵麻は西野の耳を引っ張った。大学まで柔道を続けていた西野の耳は分厚く変形しており、とても人間の耳とは思えないような手応えがある。

「痛い痛い痛い痛い痛い！」

絵麻の手から逃れると、西野は涙目になりながら自分の耳を擦った。

「いまのを隠し撮りしといてサイトにアップしたら話題になるんじゃないかな。捜一刑事の壮絶なモラハラを告発ってことで」

「やれるもんなら……」

やってみなさいよ、と続けようとしたところで、カウンターの上で西野のスマートフォンが振動しているのに気づいた。

「電話」

絵麻が顎をしゃくり、西野はスマートフォンを手にした。

だが、液晶画面を確認し、応答することなく懐にしまう。

「出ないの」

「大丈夫です。たいしたあれじゃないんで」

「あれってなによ」

「いいじゃないですか。大事な祝勝会の途中ですからね」

西野ははぐらかすような笑みを浮かべ、ジョッキをあおった。

絵麻もジョッキをかたむけ、ビールをいっきに飲み干した。

「よし。今日はそろそろ帰る」

「え？　いま飲み始めたばかりじゃないですか」

「ちょっと疲れた。風邪でも引いたかな」

「マジですか。気をつけてください。もう若くないんですから」

「なんでそう一言余計なの」

叩く真似をすると、西野が両手で自分の頭を覆う。

「あんたは一人で飲んでなさい」

「はあ……でも、お金はいいですよ。ほとんど飲んでないじゃないですか」

「いいから。一杯は飲んだし、取っといて」

カウンターに滑らせるように千円札を渡し、席を立った。

「大丈夫ですか。せめて駅まで送っていきましょうか」

「いい。子供じゃないんだから」

西野が追ってこないように手の平を向けて牽制しながら、早足で店を出た。

ふうと息を吐くと同時に独り言が漏れる。

「なにやってんだよ」

誰に向けての言葉なのか、自分でもわからなかった。

西野がスマートフォンの画面を確認したとき、絵麻には『琴莉』という発信者名が見えていた。それは西野が半年前から交際している恋人の名前だった。

第二話

歪んだ轍

1

「ねえ、西野」

顔の前で手を振られ、西野圭介は我に返った。

目の前では琴莉がふくれっ面(つら)をしている。

「そんなに私の話がつまんない？」

「いや。そんなことない。続けて」

「続けるもなにも、話聞いてないじゃない」

「聞いてるよ」

「じゃあ、いまなにを話してた？」

とっさに言葉が出てこない。

「ほらぁ」

「いや、ちょっと待って。ええと……たしか、先輩看護師が医者と不倫している――」

「それいつの話だよー。そんなの二十分前に終わったろーがー」

琴莉はうんざりしたように肩を落とした。

「……ごめん」

「別にいいんだけど。日々凶悪犯と対決している刑事さんにとっては、しがない看護師の日常話なんて耳をかたむける価値もないだろうし」

「そんなことは……！」

否定の言葉が思いがけず大きくなってしまった。

「大きな声出さないでよ」

琴莉が周囲を気にする素振りをする。

中目黒（なかめぐろ）にあるイタリアンレストランのテラス席で、二人はテーブルを挟んでいた。ランチタイム営業が終わりに近づいた午後二時四十分。テラス席はほとんど空いているが、すぐそばの道を歩く通行人の量は多い。

「ごめん」

西野はすとん、と芯を抜かれたように腰を落とした。

「いいっていいってるじゃん」

「でも……」

「しょうがないな。今日は謝ってばっかり」

あはは、と笑う琴莉に、苦笑で応じる。

「いま話してたのは、大竹が結婚するらしいよって話」

「マジで？」

またも大声を出してしまい、自分の口を手で覆う。

そこからは意図的に声を落とした。「本当かよ」

「うん。本当」

琴莉は頷き、フォークでパスタを巻き始めた。

「おれ、なんも聞いてないけど」

軽いショックを受けた。

西野と琴莉は高校の同級生だ。半年前の同窓会で再会し、ある事件の捜査を通じて関係を深め、交際するようになった。大竹というのもまた、かつての同級生の名だった。だが大竹と仲が良かったのは西野のほうだ。なのに、なぜ琴莉のほうに先に報告がいくのか。

だが、落ち込むまでもなく、その理由を琴莉が明かしてくれる。

「大竹、西野に連絡が取れないってボヤいてたよ」

「へ？」

「西野の携帯に電話してみたけどつながらないって」

思い出した。かなり前に携帯電話を紛失し、新たに携帯電話を購入し直したことがあった。あのときに電話番号を変更したのに、連絡するのを忘れたままだった。不義理を働いていたのは自分のほうだった。

そのことを話すと、琴莉は「西野らしい」と笑った。

「西野には私から伝えておくって、大竹にいっといたから」

あ、と硬直してしまう。

琴莉は意味ありげに目を細めた。

「なに。私と付き合ってるのを知られたくないって？」

「そんなことはない。そういえば大竹に話してなかったな……って」

「吉岡（よしおか）にもね」

吉岡もかつての同級生だ。西野と吉岡と大竹の三人でいつもつるんでいた。

「うん。吉岡にも」

「しょうがないよ。いつまでも同じ場所に留まるわけにはいかないんだから。それぞれ必死に生きてれば、人間関係だって変わる」

「だよな」

とはいえ一抹の寂しさを覚える。

あれほど行動をともにしていたのに。つねに一緒だったのに。

「大竹、私たちが付き合ってるって聞いて驚いてた」

「そりゃそうだよな」

「腰が抜けたっていってた。たぶん嘘だけど」

笑ってしまった。そういえばあいつの口癖だった。そこは変わってないのか。

「でもよかったなって、西野にそう伝えてくれって」

「本来ならこっちが祝福しないといけないのに」

だが、大竹の立場からすれば、祝福したくもなるだろう。西野は高校時代、ずっと琴莉に想いを寄せていた。西野がはっきり口にしたことはないが、大竹と吉岡はそのことに気づいていた。好きなら告白しろよと、けしかけられたこともある。なのに、想いを伝えることはできなかった。そのまま違えたはずの道が、十年以上の時を経てふたたび交わったのだ。

そうだった。

おれはずっと昔から、琴莉のことが好きだった。十年越しの思いを叶えたんだ。

もう彼女を離してはいけない。

「坂口」

ん？　という感じに、琴莉が小首をかしげる。

「おれたちもさ、おれたちも……」

言葉は頭に浮かんでいるのに、なかなか喉から出てこない。

「そろそろ……」

なにかを察したように、琴莉が真剣な顔つきになる。

おかげで余計に喉の筋肉が硬くなる感覚があって、さらに言葉が出てこない。

「そろそろ……そろそろ……」

西野の唇をじっと見つめていた琴莉が、励ますように頷く。

「将――」

将来のことを。そう続けようとしたとき、懐でスマートフォンが振動した。

スマートフォンを取り出そうとして、手の動きを止める。

だが、琴莉はいった。

「出て」

なおも躊躇(ためら)う西野の背中を押すような口調で繰り返す。

「電話に出て。仕事でしょう」

「う、うん……」

西野はおずおずとスマートフォンを取り出した。同僚の綿貫からの音声着信だった。

「もしもし。お疲れさまです」

『西野か。いまどこにいる』

「中目黒——」

いい終える前に、言葉をかぶせられた。

『どこでもいい。すぐに本部に来い。大至急だ』

「どうしたんですか」

『強盗殺人事件だ。犯人はまだ逃げてる』

「わかりました」

電話を切る間際にも『急げよ』と念を押された。

スマートフォンから顔を上げて目が合った瞬間、琴莉が頷く。

「わかってる。早く行って」

「ごめん」

「いいから早く。緊急事態なんでしょう」

「本当にごめん」

西野は手刀を立てて謝罪し、駅のほうに向かって駆け出した。

2

西野が警視庁本部庁舎の玄関を駆け抜けたのは、綿貫から電話をもらって二十五分後のことだった。中目黒から霞ヶ関(かすみがせき)まで日比谷線で移動し、そこからはおよそ三五〇メートルの距離を全力疾走した。

だが、ここに至ってふと思う。

——なぜ本部なんだ？

綿貫は強盗殺人事件で、犯人はいまだ逃走中だといっていた。だとしたら、自分が向かうべきは事件の発生した現場じゃないか。

「やべっ」

本部に来いといわれたような気がしたが、思い違いだったのかもしれない。

やらかしてしまった。

目的地はここではなかったはずだ。

目の前に暗幕が降りかけたそのとき、前方から綿貫が歩み寄ってきた。

「来たか。早かったな」

間違っていなかった。全身に血流が戻る感覚があった。

綿貫はこっちだという感じに顎をしゃくり、来た道を引き返す。

西野は綿貫を早足で追った。

「強盗殺人って」

「そうだ。凶器は鋭利な刃物らしい」

綿貫が説明した事件の概要はこうだ。

事件が起きたのはおよそ二時間前のことだった。現場は港区白金。都内でも指折りの閑静な高級住宅街で、場違いな悲鳴が響き渡った。

驚いて様子を見に出てきた近隣住民が発見したのは、路上に横たわる二人の男だった。

被害者の身元はすでに判明している。五十一歳の山口茂光と三十二歳の中岡大地。二人はともに中央区にある古物商『マルフジジュエリー』の社員として上司と部下の関係で、同僚によれば、買い取り要請の依頼を受けて会社を出ていたという。『マルフジジュエリー』はその名の通り貴金属売買をおもな業務としており、出張査定に赴いた先で即現金買い取りすることも珍しくなかった。そのため、出張査定に向かう社員は高額な現金をキャリーバッグに入れて持ち出すのがつねとなっており、今回も被害者二人は七千万円を持ち出していた。その現金が、キャリーバッグごとなくなっていた。

　刺し傷が心臓にまで達していた山口は死亡、中岡は一命こそ取り留めたものの、意識不明の重体に陥っており、話を聞ける状態ではない。

「犯人は、キャリーバッグの中身を知っていた。『マルフジジュエリー』の内部事情に通じる人物ということでしょうか」

　西野の意見に、綿貫は曖昧に顔を歪めた。

「そうともいい切れない。『マルフジジュエリー』には田中という名前で買い取り依頼の電話がかかってきたそうだが、その田中という人物が伝えた住所には、実際には別人が住んでいた。予想通りというべきか、実際の住人は『マルフジジュエリー』に買い取り依頼をしていないそうだ」

「犯人がおびき寄せた？」

「その可能性が高い。不用心きわまりない話だが、どうも金持ち連中には偏屈なやつも多いらしくて、『マルフジジュエリー』では依頼人の素性を深く詮索することをせずに、とりあえず現金を持参して査定に向かうという方針だったようだ。で、相手の気が変わらないうちに取り引きを成立させちまう。そういうやり方さえ知っていれば、とくに内部事情に精通していなくても犯行は可能だった」

たしかにその程度の情報ならば、内部の人間でなくても知っているかもしれない。

「それとあと一つ、訂正しておかないと」と綿貫は唇を曲げた。

「犯人、じゃなくて犯人グループだ。連中は少なくとも二人以上のグループで犯行に及んでいる」

「被害者も二人ですしね」

刃物を所持しているといえ、成人男性同士で二対一ならば抵抗に遭う可能性が高い。複数人で犯行にあたるのは当然といえば当然だ。

「目撃者がいたんですか？」

「いや。いない」

「ではなぜ、犯人が二人以上のグループだと？」

二人以上であるという予想はつくが、断定はできないはずだ。

「一人は捕まえたからだ」

西野はひゅっと息を吸い込んだ。綿貫が続ける。

「悲鳴を聞いて駆けつけた派出所の警官が、現場から逃げようとしていた不審な男を取り押さえた。そいつは奪った金どころか、凶器すら持っていなかった。少なくとも仲間があと一人いるってことだろう。凶器と、大金の入ったキャリーバッグを持ち去ったやつが」

「その拘束された男が、事件にまったく関係ないという可能性はないんですか」

「目出し帽かぶって汗びっしょりになりながら現場のほうから走ってきたっていうんだぞ。手なんか血まみれだったらしい。いくらなんでも無関係ってことはないだろ」

そういう状況ならば、たしかにそうかもしれない。

「その男はなにかしゃべってるんですか」

「いいや。完全に口を閉ざしているわけじゃないが、事件については知らぬ存ぜぬで押し通すつもりらしい。誰が担当しても落ちるのは時間の問題だとは思うが、武装した仲間が逃走中だからな、一刻も早く落とす必要がある」

なるほど。だから本部庁舎のほうに呼ばれたのか。

「楯岡さんは」

「さっき見かけた。西野がまだだと伝えたら、化粧を直してくるとかいってたな」

噂をすればなんとやらで、ちょうどそのとき、廊下の先の洗面所から楯岡が出てきた。

「楯岡さん」

「早かったわね。中目黒からって聞いたから、あと十分はかかると思ってたけど。概要は？」

「綿貫さんからあらかた聞きました。急ぎましょう」

二人で頷き合い、歩く速度を上げた。

角を曲がると取調室の扉が見えてくる。

が、意外なものも視界に飛び込んできて、二人はつんのめるように立ち止まった。

筒井だった。

腕組みをし、取調室の扉とは反対側の壁に背をもたせかけて、じっと一点を見つめている。

西野たちを追い越し、綿貫が早足で近づく。

「楯岡さんと西野、着きました」

「おう。ご苦労」

筒井はうつむきがちなまま、背中を壁から剝がした。のそのそとこちらに歩み寄ってくる。

西野は思わず楯岡の横顔を見た。

なにかが変だ。いつもの筒井ではない。いつもなら楯岡に向かって突き刺すような敵意を発しているのに、いまはやけに沈鬱な空気をまとっている。

筒井は楯岡に軽く頭を下げた。

「頼んだぞ。やつを落としてくれ」

「頼まれなくても落とします。それが私の仕事です」

軽口で応じる楯岡も、やや困惑しているようだ。

「必要なら、やつについて知りうる限りの情報を提供する。なんでも訊いてくれ」

楯岡が怪訝(けげん)そうに眉をひそめた。

「被疑者を知っているんですか」

「ああ。この扉の向こうにいる拳銃強盗の被疑者――鳥飼哲司(とりかいてつじ)には、前にワッパをかけたことがある」

告白した瞬間、筒井の周囲の空気の重たさが増したようだった。

3

どこからかピーピーと電子音が聞こえ、筒井はびくっと身体を震わせた。

「すまない」

三宅が慌ててポケットに手を突っ込む。

「馬鹿野郎。ポケベルの電源は切っとけといっただろう」

「まさかこんな時間に鳴るとは思わなかったからさ」

三宅は気まずそうに顔を歪め、ポケットベルの画面を確認した。

「誰からだ」

いちおう訊いた。このタイミングでそれはないと思うが、捜査本部からの緊急連絡という可能性もないわけではない。

三宅は肩をすくめただけだった。ポケットベルをポケットにしまう。

「おまえ、まさか」

同期だけあって、皆までいわずとも伝わったようだ。

「私用のポケベルにメッセージが届いたら困るだろ」

「だからって……」

だからって仕事用に支給されたポケットベルで不倫相手と連絡を取り合うな。

思ったが、いったところで聞かないだろう。それに、行く先々で女を引っかけるようなだらしないやつではあるが、刑事としての能力は折り紙付きだ。友人思いの一面もあり、手柄を譲ってくれることもしばしばで、周囲からは、筒井は三宅の添え物のように捉えられているふしがある。三宅のほうはまったく気にしていないようだが、筒井には優秀な同期にたいする負い目のようなものがあった。

「ほどほどにしておけよ」

「わかってる。同時進行は三人までにしとくよ」

あきれた。だが、筒井は言葉を呑み込み、ぽつんと白く灯る窓を見た。

午前五時半。遠く東の空がうっすらと黄色くなり始めているものの、周囲はまだ暗く、街全体がひっそりと寝静まっている。目につく限り、街灯以外で明かりを点けているのは、二階建てアパートの二階の一室だけだった。

その一室に住んでいるのが、鳥飼哲司。

強盗傷害容疑で、筒井たちが逮捕しようとしている相手だ。

「それにしても、ずいぶんと朝早いんだな。水道工事業者ってのは」

寒くなってきたのか、三宅が両手を擦り合わせる。

「新築の家に水道を引き込む仕事らしい。現場によって違うんだろう」

「そういう意味ではおれらも同じだな。犯人の生活リズムに合わせて、こうやって朝っぱらから出かけてきてる」

一週間前の深夜、大田区池上の町工場に侵入した窃盗グループを経営者の市岡松太郎さんが発見、しかし逆に襲撃されて重傷を負うという事件が発生した。市岡さんを殴打するのに使用された鉄パイプに残った指紋から浮かび上がったのが、鳥飼だった。現在二十一歳の鳥飼だが、少年時代には窃盗・暴行・恐喝などで多くの補導歴があったようだ。

捜査本部では鳥飼の行動確認を実施し、逃亡を防ぐため、確実に在宅しているであろうこの時間に逮捕に踏み切ることにしたのだった。

筒井と三宅はアパートの外階段をのぼり、鳥飼の部屋に向かった。

「松坂はどこに行くんだろうな」

「松坂？　誰だ」

「おまえ、松坂も知らないのかよ」

三宅は信じられないといった口ぶりだ。

アパートの裏側を固めている所轄の刑事に、そんな名前がいただろうか。

だが、違った。

「甲子園の決勝見なかったのかよ。決勝でノーヒットノーランだぞ」

仕事とは関係のない雑談だったらしい。

「そんな話してる場合じゃないだろ」

「そんな話してたら犯人が逃げるってわけでもないだろ。ようは捕まえりゃいいんだ。あんなすごいピッチャー、巨人に来てくれたら最高だけどな。四番松井でエース松坂なら十年は安泰だろう」

そんな緊張感のない会話をしながら、鳥飼の部屋の扉の前に立った。

三宅が鼻をくんくんさせる。

「美味そうな匂いだ。早起きして飯こしらえてくれる出来たカミさんがいるってのに、なんでまた盗みなんて働くかな。しかも傷害までついちまって」

回り続ける換気扇からは、味噌汁の匂いが吐き出されていた。

情報によれば、鳥飼には結婚したばかりの妻がいるという。おそらく夫の犯行については知らないだろう。こんな時間に突然夫が逮捕されたら、妻はどう思うだろうか。自身も昨年結婚したばかりの筒井は、残される妻の心境を思って胸が痛くなった。

だが、犯罪を看過するわけにはいかない。

筒井は扉をノックした。インターフォンのない、古いアパートだった。

扉の向こうは台所らしい。ガスコンロの火を止める音が聞こえる。

「はい？」

女の声が応じた。こんな早朝の訪問、警戒するのも当然だ。

「鳥飼さんのお宅ですか」

三宅がいう。

「そうですけど……」

「警察の者です。一週間前に発生した大田区の強盗傷害事件について、鳥飼哲司さんにお話をうかがいたいのですが」

驚きのあまり言葉を失ったようだった。

「少々お待ちください」

足音と気配が部屋の奥へと遠ざかる。

三宅は扉に顔を近づけ、聞き耳を立てた。

「どうだ」

「なにやら話してる……男の声も聞こえる」

「鳥飼か」

「そうじゃなかったら驚きだ」

その後もしばらく待ってみたが、いっこうに扉は開かない。

やがて、筒井にも聞こえるような、男の怒鳴り声が聞こえてきた。

「鳥飼さーん。大声出すと近所迷惑ですよ。開けてくれませんか」

三宅がノブを握りながら扉の内側に呼びかけた。

だが、気配は近づいてこない。

「大丈夫か」

筒井は、興奮した鳥飼が妻に暴力を振るったりしないかと心配したのだが、三宅の受け取り方は違ったようだ。

「大丈夫だ。裏手も捜査員が固めてる。逃げられやしない」

その後も辛抱強く呼びかけを続けていると、五分ほど経ってようやく足音が近づいてきた。

薄く開いた扉の隙間(すきま)から、男が見下ろしてくる。

とにかくデカい。それが鳥飼を見たときの第一印象だった。

「鳥飼さん？」

三宅はそう訊ねながら、懐から逮捕状を取り出そうとしていた。

ところが、突如として三宅が背後に吹っ飛ばされた。背中を鉄柵にしたたかにぶつける。

部屋の中からは長い脚が飛び出していた。

鳥飼が三宅を蹴飛ばしたのだとわかった。

扉が大きく開き、鳥飼が飛び出してくる。

「待てっ！」

筒井は鳥飼に飛びつき、タックルした。だが簡単に振り払われ、壁に背中をぶつけた。見た目に違わぬ馬鹿力だ。

このまま逃がすわけにはいかない。外階段を駆けおりようとする鳥飼に、筒井は背後から飛びつく。

その直後、視界がめまぐるしく回転した。鳥飼とともに階段を転落したと気づいたのは、階段下に置いてあったポリバケツが目の前に現れてからだった。

団子状態になった二人はポリバケツをなぎ倒し、その奥に積んであったゴミ袋の山をクッションにして止まった。

背後から呻き声が聞こえ、身体が持ち上げられる感覚がする。筒井は鳥飼を下敷きにしているのに気づいた。素早く身体を反転させ、鳥飼の首に背後から腕を巻きつける。柔道の裸締めだ。鳥飼は身体を左右に揺らして振りほどこうとするが、筒井は懸命に力をこめて締め続けた。

それでも身体が浮き上がる。鳥飼が裸締めをされたまま、立ち上がろうとしているようだ。

ついに、筒井を背中におぶったまま中腰になった。

このまま立ち上がらせてはいけない。筒井は雄叫びとともに最後の力を振り絞った。

すると、ふいに鳥飼の力が抜けた。膝を折り、倒れる。失神したらしい。

「筒井！」

階段の上から三宅の顔が覗いた。

大丈夫。そう伝えたかったが、すでに力を使いはたして声すら出ない。ぜえぜえと乱れた呼吸音が漏れるだけだ。

鳥飼に馬乗りになりながら、筒井は親指を立ててみせた。


「その三宅って人、本当に野球好きなんですか」

綿貫が疑わしげに眉をひそめた。

「なんでだ」

筒井は紙カップを口に運ぶ。すでにお茶はなくなっていて、わずかな液体が唇を濡らしただけだった。

「松坂は西武です。巨人に入るなんてありえない」

全身が脱力した。

「おまえ、ちゃんと話聞いてたか？　松坂がプロ入りする前の話だぞ」

「でも、同じ年の巨人のドラフト1位指名は上原でした。松坂は指名もされていません」

なにをいってるんだ。そもそもそんなところにこだわったところで、話の本筋にはまったく関係がないだろう。

思ったが、口にするのはやめた。

二人は十七階にあるカフェスペースにいた。本来なら取り調べにまで立ち会いたいところだが、大人数で取り囲んでは相手を萎縮させ口を堅くさせるだけだと楯岡にいわれ、カフェスペースで待つことにしたのだった。

「茶を淹れてくる」

席を立ち、自動販売機と並んで置かれた給茶機に向かう。

「ああ。それなら」

僕が淹れてきます、とでもいうのかと思ったが、綿貫は給茶機までついてきただけだった。話をしたいだけか。話を仕切り直す意図で席を立ったというのに、本当に空気の読めないやつだ。

給茶機にカップをセットし、給湯ボタンを押す。

「鳥飼ってのは、そんなに昔から悪さを重ねてたんですね。根っからのワルってやつだな」

綿貫が神妙な顔で頷く。

「いや」とっさに否定の言葉が出たことに、筒井は自分でも驚いた。

湯気の立つカップを持ち上げながらいう。

「それがそうでもないんだ」

もしかしたら、そう思いたいだけかもしれないが。

4

「どうだ。そろそろしゃべる気になったか」

筒井が本題を切り出すと、鳥飼はとたんに仏頂面になった。ほんの五分前に松坂の快投について嬉々として語っていたときには、少年のように瞳を輝かせていたのに。

「おれ一人でやったことです」

もともと滑舌が悪い上にさらに声を低くするので、よく耳を澄ませないとなにをいっているのか聞き取れない。

筒井は取調室にいた。鳥飼の取調官に指名されて二日目。大きな身体のわりに精神的に未成熟で気弱な一面を覗かせる被疑者を、最初は数時間で落とせると踏んでいた。

悪ガキというのはどいつもこいつも同じだ。似たようなやつを、これまで何人も落としている。だが予想に反して相手は強情だった。雑談には応じるものの、話題が核心に近づくとかたくなに口を噤むのだった。

「そんなわけがないだろう。被害者の市岡さんは工場でうごめく複数の人影を目撃したと話している」

「それは気のせいじゃないですか」

「気のせいだとしたら、現場から盗み出された銅線はどこにやった」

「売って金に換えた」

「どこで。誰に売った」

筒井の追及に、鳥飼はふてくされたように顔を背け、視線を逸らした。あらためて見ると、頬の膨らみにはまだあどけなさが残っている。本当に子供だ。

自然と諭す口調になった。

「答えられないのか。おまえにはそんな人脈がないから、銅線を買ってくれるような知り合いなんかいないから、答えられないんじゃないのか。答えないんじゃなくて、答えられないんだ」

「違う」

「じゃあ、なんで答えない」

「答えたくないから」

「それは違うな。おまえさんがやさしいからだ」

強面の取調官の発言が意外だったようで、鳥飼が虚を突かれたような顔をする。

筒井はいった。

「おまえは心根のやさしいやつだ。これまで話してみてよくわかった。悪ぶってるけどやさしい。だから仲間たちをかばって、自分一人で罪を背負い込もうとしている。けれど、それって本当のやさしさなのか」

「知ったような口を利くな。あんたになにがわかる」

鳥飼が眉を吊り上げる。懸命に敵意を保とうとするかのような表情だった。

「おれには、おまえが歩んできた人生のつらさなんてわからない。けれど、おまえが根っからのワルじゃないってことだけはわかる」

筒井はデスクの上で両手を重ねた。

くわかった。

「おまえがこんなふうになっちまったのは、ちょっとボタンを掛け違えただけなんだ」

鳥飼の生い立ちについては捜査で明らかになっていたし、昨日一日話してみてもよくわかった。

鳥飼にとって最初のつまずきは、父親を亡くしたことだろう。

測量事務所で働く父親は高給取りではなかったものの、よく近所の公園で息子のキャッチボールの相手をつとめるやさしい男性だったようだ。しかし、鳥飼が小学校二年生のころに胃がんが発覚する。まだ若かったこともあり父の病気の進行は速く、発見からわずか半年でこの世を去ってしまった。

二つ目のつまずきはその後起こった。専業主婦だった母親に、女手一人で息子を育てていくのは難しかったのかもしれない。父の死からおよそ一年後、母が男と同棲を始めたのだ。相手は、母がパート勤務していたコンビニエンスストアの店長だった。

鳥飼は母よりも八つも年下の男をとても「お父さん」とは呼べなかったし、男のほうも父親になる覚悟はなかったようだ。それどころか、恋人の連れ子を虐待するようになったため、児童相談所が鳥飼をたびたび一時保護する事態に陥っている。所属していた少年野球チームもこの時期にやめた。

暴力に怯える日々を送っていた鳥飼だったが、次第に義父の暴力に抵抗するようになった。中学一年生ですでに一七〇センチを超える長身となった鳥飼は、体格で義父を圧倒するようになり、暴力による支配からも解放されたようだ。

ところが、暴力という言語がコミュニケーション手段として彼の肉体に刻まれていたらしく、鳥飼は周囲に向けて攻撃性を発揮するようになる。中学二年生のときに傷害事件を起こして初めて鑑別所に入ったのを皮切りに、自宅と鑑別所を行き来するような青春時代を過ごした。

暴走族の連中とつるむようになり、せっかく受け入れてくれた定時制高校もわずか二か月で退学。自宅には帰らずに友人宅を転々とし、母親ですら現在息子がどこにいるのか把握できないような生活を送っていた鳥飼が転機を迎えたのは、十九歳になったときだった。

友人と出かけたカラオケボックスで出会った女と恋に落ち、結婚したのだ。式も挙げず、女の住まいだったワンルームアパートに鳥飼が転がり込むような危うい滑り出しだったが、それでも鳥飼にとっては大きな一歩となったようだ。数か月だけ恩師だった高校時代の担任教師のもとを訪れ、就職の斡旋(あっせん)を願い出ている。

「そうまでして入社した勤務先での評判は上々。無遅刻無欠勤で勤務態度も真面目(まじめ)だった。きっとなにかの間違いだと思うが、もしも本当におまえが罪を犯していたのなら、情状証人として法廷に立つつもりだと、社長さん、いってたぞ。いまだにおまえの無実を信じてるんだな、あの社長さん」

鳥飼の表情に明らかな動揺の色が走った。

「家庭にすら居場所がなかったおまえにとって、仲間こそが守るべき家族といえる存在なのかもしれない。たとえどんなに悪い連中だとしても。だけど、連中はおまえのことを守ってくれてるのか？　仲間が捕まったっていうのに、誰一人自ら名乗り出てこようとしない。あわよくばおまえ一人に罪をかぶせて逃げおおせようとしているようなやつらが、はたしておまえのことを家族だと思ってくれてるのか。おまえさんのことを、いいように利用しようとしてるだけじゃないのか」

「そ、そんなことねえよ！」

怒声を無表情で受け止め、筒井は小さく頷く。

「そうか……」そこでにやりと笑った。

「そういう否定の仕方をするってことは、共犯者がいるってことだな」

鳥飼がしまった、という顔になる。

「仲間を大事にするのはけっこうなことだ。だがおまえとつるんで悪さを働いてきた連中だけが、おまえの仲間なのか。そりゃおまえにとって家族は信頼に値する存在じゃないのかもしれないが、だからって大人はみんな信用できないってのか。おまえの奥さんや、おまえに仕事を紹介してくれた高校の先生や、札付きだったおまえを受け入れて使ってくれた上に、おまえの無実を信じておまえのために裁判に出るとまでいってくれてる社長さんは、仲間じゃないのか」

反論の言葉が見つからない様子の鳥飼に、筒井は畳みかける。

「おまえに守りたい仲間がいるように、おまえが重傷を負わせた市岡さんにだって守りたい家族や社員がいたんだぞ。市岡さんは一命こそ取り留めたが、重い障害が残っておそらく今後一生車椅子生活になるって話だ。おまえらは、真面目にこつこつ生きてきただけの、罪のない一市民の人生を狂わせた。おまえの仲間意識ってのは、それよりも大事なのか」

鳥飼は唇を小刻みに震わせている。

「鳥飼。人生をやり直せ。やっちまったことを洗いざらい吐き出して、きちんと罪を償って、悪い仲間との縁を切ってやり直せ。駄目な大人たちのせいで道を踏み外してしまったかもしれないが、おまえは根っからのワルなんかじゃない。まだ若いし、じゅうぶんにやり直しが利く。だからいまここでぜんぶ話して、それからは新しい自分の人生をつかめ」

心からの言葉だった。茫洋としてなにを考えているかわかりにくいが、けっして根っからの極悪人には思えない。よくも悪くも流されやすいお人好しな性格が、こいつをここまで導いてしまった。だから環境さえ変われば、付き合う人間さえ変われば、きっと前向きに生きられる。

後悔に震える鳥飼の唇が言葉を発するのを、筒井は祈るような気持ちで待った。

「そうだったんですか」

綿貫はがっくりと肩を落とした。

うなだれていた筒井は、カップの茶をぐいと呷る。ここが居酒屋で、カップの中身が焼酎だったらよかったのにと思う。

だが、残念ながら筒井たちはまだ服務中で、ここは本部庁舎十七階のカフェスペースだった。

「あのとき、てめえのやったことを告白した鳥飼のすっきりした顔を見たときには、こいつはもう二度と悪い道には走らないだろうって確信したんだがな」

刑事のくせに人を見る目がないなと、自嘲の笑みが漏れる。

「でも、その人が被害者を刺したわけじゃないんですよね」

明後日のほうから声が飛んできてぎょっとする。

声のするほうを振り返ると、若い女の制服警官が立っていた。たしか総務課の林田シオリといったか。

「聞いてたのか」

「聞こえたんです」

シオリはつかつかと歩み寄ってきて、筒井の隣の席の椅子を引いた。

「鳥飼は凶器を持っていなかった。だから刺してない。人を傷つけていない」

そういって頷くシオリは表情こそ真剣そのものだが、どこか友人の恋愛相談にでも乗っているかのような雰囲気を漂わせている。

少し戸惑ったものの、シオリに立ち去る気はないらしい。なんとなく追い払うこともできずに、筒井は話を続けた。

「刺したとか刺してないとかは問題じゃない。あいつが犯行グループにいたこと自体が問題だ。あいつは……あいつだけは、まっとうに生きてくれると信じてたんだが」

信じていたのではなく、信じたかったのだ。罪を犯した人間を罰することだけが仕事だとは考えたくない。たとえ一部でも彼らはきちんと更生している、自分たちはその手助けをしていると信じたかった。

「筒井さん。ずいぶんと鳥飼に肩入れしていますね。鳥飼が更生できなかったのは残念ですが、犯罪者が再犯するなんて珍しいことでもありません。そんなに落ち込む必要はないんじゃないですか」

「更生して欲しかったけど、そうはならなかった。残念だけどそれだけの話です。筒井さんは悪くない」

シオリは失恋した友人を慰めるような口調だ。

筒井は曖昧な笑みを浮かべ、かぶりを振った。

「実は鳥飼とのつながりは、それで終わりじゃない。あいつが出所後に会いに来てくれたことがあったんだ」

綿貫とシオリは互いの顔を見合わせた。

5

「なんなんだ、畜生(ちくしょう)っ！」

筒井が廊下を蹴り上げると、隣で綿貫とかいう新米刑事がびくんと全身を震わせた。

興奮で息を乱しながら、筒井は背後を振り返る。

廊下が真っ直ぐにのびていた。左側の壁にはいくつも扉が並んでおり、それぞれの扉の上には、取調室の番号を示すプレートがかけられている。

ついさっきまでそのうちの一つの部屋に、筒井はいたのだった。

一週間前、都内にある有名私大の教授が殺害される事件が発生した。刃物でめった刺しにされた遺体が校舎内の男子トイレで見つかるというセンセーショナルな状況から、連日のマスコミの報道も過熱気味だ。

現場近くではニット帽をかぶった黒いコートの男が目撃されており、捜査の結果、教授の元教え子である一人の男が捜査線上に浮かび上がった。卒業後、電子メーカーに就職したその男は人間関係が上手くいかず半年で仕事を辞め、その後は職を転々としていた。つい二か月前にも勤務していた食品メーカーを退職し、無職になっていた。大学院に進みたかったのに、教授の助言に従って就職した。いまの自分の不遇は教授のせいだと、逆恨みするような文言をネットの掲示板に書き込んでいたようだ。

捜査本部は男を重要参考人として任意同行し、話を聞くことにした。

その取り調べを任されたのが、筒井だった。

落とす自信はあった。自信がなければ引き受けられない役割だ。

筒井の恫喝に、重要参考人は視線が泳ぎ、汗びっしょりになって怯えていた。あと一息だったのだ。

「それにしてもあの女、なんなんですかね。このところ、重要な事件の取り調べは軒並みあの女に任されてるみたいですけど」

綿貫がうらめしげに取調室のプレートを見つめる。

筒井はけっと鼻を鳴らした。

「タテ岡だかヨコ岡だか知らないが、おままごとは家でやってろってんだ。取調室は戦場だ。あんなふうに茶髪で髪をくるくる巻いた、どこぞのホステスみたいな格好した女が立ち入るような場所じゃねえ」

「でも、これまで担当した事件での、被疑者の自供率は一〇〇%だとか」

「あ?」

大きな声で威圧する。

綿貫は肩をすくめて小さくなったが、口を閉ざすつもりはなさそうだ。

「前にいた所轄のときから、取り調べの最終兵器っていわれてたみたいです。あとは、嘘を見破るからエンマ様って呼ばれてたとか」

「うるっせえな。おまえは」

叩く真似をすると、綿貫が何歩か後ずさって避けた。それでもやはり口は噤まない。

「刑事部長の肝煎り（きもい）らしいです。だから次々と重要な事件の取り調べを任されるんだと、もっぱらの噂です」

「少し黙ってろ！」

綿貫はようやく黙ったが、なぜ怒鳴られるのか納得できていない様子だ。まったく、しょうもない若手を押しつけられたもんだ。

けど一人前の刑事（デカ）になるまで、面倒見てやらないとな。

先輩たちが、おれにたいしてそうしてくれたように。

だが、あいつはいかん。

三か月前に捜査一課にやってきた、楯岡絵麻とかいうホステスみたいな女刑事は。

「どうせ刑事部長の愛人かなにかなんだろう」

でなきゃ本庁に配属になったばかりの刑事が、次々と重要な取り調べを任されるなんてありえない。

綿貫がなおもなにかいいたそうだったので、話題を変えることにした。

「飯でも食いに行くぞ。日比谷に美味いカツ丼を食わせる店があるんだ」

「いや。自分は遠慮します」

「はあっ？」

「生活安全部の同期とランチする約束をしていたし、カツ丼よりは親子丼のほうが好きなんで」

「えっ……」

それなら親子丼でもいいぞ。

筒井がそう口にするよりも早く、綿貫は「筒井さんは一人で行ってらしてください。ごゆっくり」と軽く手を上げて立ち去ってしまった。

遠ざかる後ろ姿をしばらく呆然と見つめていた筒井は、ぽつりと零した。

「……なんなんだよ」

おれの若いころなんか、先輩の誘いはなにを置いても優先したものだが。時代は変わったということだろうか。

「本当に美味いカツ丼なんだぞ」

ひとりごちて足を踏み出した。

両手をポケットにつっこみ、うつむきがちに歩いてロビーを抜ける。

玄関に差しかかったところで、「筒井さん」と誰かから声をかけられた。

顔を上げる。身長一九〇センチはあろうかという大男が立っていた。年齢は三十前後ぐらいだろうか。紺色のスーツに身を包んでいるが、歳のわりに着慣れていない雰囲気が漂っている。

大男は小走りに近づいてきて深々とお辞儀をした。

「お久しぶりです」

ということは、面識があるのだろう。たしかにどこかで会った気がする。だが、どこで会ったのかが思い出せない。

だから敬語になった。

「どちらさまでしょうか」

雰囲気からして、少なくとも警察関係者ではなさそうだが。

「以前お世話になった、鳥飼哲司です」

「鳥飼……」名前を聞いてもピンと来ない。

「先日仮出所になりまして、ぜひ筒井さんにご挨拶をと思い、うかがいました」

その台詞を聞いて、急激に記憶が逆流するような感覚に陥った。

「鳥飼って、あの鳥飼か」

「はい。鳥飼です」

「おいおい。見違えたな。気づかなかったぞ」

「覚えていてくださって嬉しいです」

「覚えてるさ。二人でアパートの階段を転げ落ちた仲だ」

「その節は大変ご迷惑をおかけしました」

「もういいんだ。おまえは罪を償った」

「いいえ。そういうわけにはいきません。おれが馬鹿やったせいで、被害者の方は歩けなくなりました。服役したからといって過去をなかったことにはできないし、自分が犯した罪が消えることは、一生ありません。これからのおれの人生はすべて、贖罪のためにあります」

胸が熱くなった。鳥飼はたしかに更生の道を歩もうとしている。

「鳥飼。おまえ、昼飯は食ったか」

「いいえ。まだです」

「なら、おれがご馳走してやる。行こう。日比谷に美味いカツ丼を出す店があるんだ」

「いいんですか」

「もちろんだ」

筒井は行くぞ、と鳥飼を先導しながら、さりげなく目の端を指で拭った。

「そんなことがあったんですね」

綿貫が神妙な顔で頷き、シオリもため息をつく。

「一度は立ち直ったと思っただけに、よけいにがっかりきちゃうな」

「再犯しちまった以上擁護のしようはないんだが、いったん前科者のレッテルを貼られちまった人間への風当たりは予想以上だったんだろう。出所後、何度か飲みに行ったりはしたんだが、最近は音信も途絶えてたから、どうしているんだろうと気になっていた。けれど、忙しさにかまけておれから連絡することはなかった。おれが電話の一本でも入れていれば、もしかしたら結果は違ったものになったのかもしれない」

「筒井さんの責任じゃないです。罪を犯したのは鳥飼自身の責任です」

綿貫が強い調子で断言する。

「そうです。そこまで自分を責めることはありません」

シオリも同情するように眉を下げた。

「その通り。一人ひとりの受刑者の更生まで面倒見切れないです。鳥飼には保護司だってついていてただろうし、奥さんだって、鳥飼のために法廷に立つとまでいってくれた会社の社長さんだっていたんです。やつのまわりには更生を願い、見守ってくれる人たちがいた。それをやつは裏切ったんです」

「おまえに説教されるとはな」

筒井に苦笑され、綿貫ははっとなった。

「すみません。そんなつもりでは……」

「いや。でもおまえのいう通りだ。犯罪者一人ひとりに肩入れしてたら身が持たない」

「ですね。でもそういう人と結婚しちゃったら、奥さんも大変だろうなあ」

シオリは同じ女性として鳥飼の妻に同情したようだ。

「たしかに大変だったろう。だが、もういまはその心配は必要ない。前回逮捕された時点で愛想を尽かされたみたいで、公判中に離婚を切り出された。その後再婚していなければ、あいつは独身だ」

「そうなんですか」

シオリはなぜか意外そうだった。

筒井が眉を上下させて促すと、やや戸惑った様子でその理由を説明し始めた。

「奥さんって、ダメンズ好きなんじゃないかと思ったから」

「だめ、ん……？」

よく聞き取れなかったのかと思ったが、そういう言葉があるらしい。

「ダメンズ。ダメ男ってことです」

綿貫の解説に頷き、シオリは続ける。

「奥さんと最初に出会ったとき、鳥飼っていう男の人は札付きのワルだったわけじゃないですか。それが就職して真っ当に働き始めたのは、もちろん本人の意志とか決意とかもあったと思うんですけど、奥さんの支えというのも大きかったはずなんです。奥さんはわりと忍耐強いというか、ダメな男の人を支えることで自己肯定感をえられるタイプの女の人じゃないかなという印象を受けます。一度は更生したかに思えた旦那さんが逮捕されたのはそりゃがっかりしたでしょうけど、今度こそしっかり支えて、ちゃんと更生してもらおうという気持ちにもなったと思うんです。なのに、公判中に離婚を切り出すって、いくらなんでも見切りが早いんじゃないかなあ。まだ判決も出てなくって、勤務先の社長さんなんかは無実を信じてくれてる時期ですよね」

「女性のほうが現実的ってことじゃないの」

綿貫の指摘に、シオリは口を尖らせる。

「よくそういうことをいわれますけど、男性よりも女性のほうが、実は情が深いんです。少なくとも、ダメなパートナーへのキャパシティは女性のほうが大きい」

「そうかなあ」

「そうですよ」

「たしかに」と筒井も会話に加わった。

「ダメ男好きの女はわりとよく聞くが、ダメ女好きの男って聞いたことがないな」

「でしょう?」

シオリは得意満面だ。

「だから、離婚のタイミングが早すぎると感じたんです。よほどの事情があったのかなって」

「そういう話をするってことは、きみもダメ男好きなの」

綿貫が意地悪に目を細める。

「私は違います。もしも付き合っている人が逮捕されたら秒で別れます。っていうか、最初からそんなヤバい男なんて選ばないし。でも友達にはけっこう多いんですよね、ダメ男好きな子が。あれってほんと理解できないんだけど」

シオリは頬杖をつき、淡い吐息を虚空に吐き出した。

6

驚きのあまり白米が気管に入り、咳き込みそうになった。

だが口の中のものを吐き出すわけにはいかない。手で口を覆い、背中を丸めながら下を向いて堪え、なんとか被害を最小限に留めた。

「大丈夫ですか」

鳥飼が心配そうに覗き込んでくる。

大丈夫と手の動きで伝え、筒井は水の入ったグラスに手をのばした。

水を二杯飲んだところで、ようやく落ち着いた。

「おまえ、離婚してたのか」

「そんなに驚くことですか。あんなことがあったんです。当然ですよ」

鳥飼は気まずそうな笑みを浮かべ、カツ丼の丼を持ち上げた。

二人は日比谷の蕎麦屋にいた。出所の挨拶に訪ねてきた鳥飼を、筒井が食事に誘ったのだ。

犯罪者になったのだから、妻から三行半を突きつけられてもまったくおかしな話ではない。むしろ、知り合いの女性がそういう状況に直面したら、積極的に離婚を勧めるだろう。前科のついてしまった人間のその後の人生は過酷だ。夫婦だからといって、夫の重い十字架をともに背負う必要はない。

それでも、筒井は意外に思った。

筒井は鳥飼の妻だった女に、何度か会っていた。鳥飼の逮捕時に加え、その後も何度か事情聴取している。鳥飼より三つ年上の姉さん女房で、一見おとなしそうだが言葉の端々に気の強さを覗かせるような女だった。なるほど。鳥飼はこの女に尻を叩かれて、一度は真っ当な人生を歩もうと決意したのだなと、妙に納得させられる芯の強さを感じた。

鳥飼の妻は、もちろん事件に直接関与してはいなかった。だが、夫が罪を犯したことにたいし、強く責任を感じているようだった。曰く、悪い友人たちとの交友を断ち切らせることができなかった。そのことが犯行に走らせる原因になった。

筒井も同じように感じていた。鳥飼は根っからの悪人ではない。愛情に恵まれず、居場所のなかった鳥飼を受け入れたのが、不良仲間のコミュニティだった。鳥飼にとって不良仲間は疑似家族だ。行動の善悪を判断する以前に、守るべき存在になっている。しかし不良仲間にとって、身体が大きく腕っぷしも強く、なにをおいても自分たちに尽くしてくれる鳥飼は、便利な存在だったろう。町工場に盗みに入ったのも、鳥飼が仲間たちの誘いを断り切れないからだった。善悪の判断はつくが、それよりも友情を優先させてしまう主体性のなさが、鳥飼の最大の欠点だと、筒井は思う。だから、付き合う仲間さえ変われば行動ががらりと変わるし、更生も可能だろうと感じていた。

もっとも、鳥飼の妻が責任を感じる必要はないのだが。

だが、そういう責任感の強い女だからこそ、一度は鳥飼を良い方向に導くことができたのかもしれないとも思った。鳥飼は犯罪者になってしまったが、この女は夫をまだ見捨てていない。話を聞いていてそういう確信をえた。

だからこそ、離婚は意外だった。

「いつ、別れたんだ」

「とっくの昔ですよ。離婚を切り出されたのは、おれが拘置所にいたときです」

「そんなに早くに？」

二重の衝撃だった。筒井が最後に事情聴取してから、それほど間を置かずということか。あのとき、そんなことはおくびにも出していなかった。

「早いことなんてないですよ。あいつはそれまで、辛抱強くおれに付き合ってくれていました。なのに、おれがあいつの信頼を裏切った。愛想を尽かされたんです」

「だが……」

「いいんです。おれがいないほうが、みんな幸せになれます。それは間違いない」

諦めのほかにいくつかの感情が混ざったような、複雑な表情だった。

「なにがあった？」

「なにがあったかは、筒井さんが一番ご存じでしょう」

片頬だけを吊り上げて皮肉っぽく笑い、湯呑みの茶を啜る。

「奥さんに良い人でもいたのか」

鳥飼がぴくりと眉を歪めた。

不躾な物いいに気分を害したのかと思ったが、そうではないようだ。

「良い人って、あいつが浮気してた……って、いいたいんですか」

筒井は軽く肩をすくめることで肯定を示した。

すると、鳥飼は小さく笑った。

「まさか。そんなわけありません。おれが浮気するならあるかもしれないけど、あいつはありえない。おれにはもったいないぐらいちゃんとした人です」

その口調からは、自分を捨てた妻への恨みなどいっさい感じられなかった。むしろまだ想いを残しているような印象だ。

「出所したことを奥さんには」

話の途中から鳥飼はかぶりを振っていた。

「もう赤の他人です」

「けど、散々世話になったんだ。連絡ぐらい――」

「やめてください」強い口調で遮られた。

「……すみません」

「いや。おれのほうこそ」

悪かった。久しぶりに会っていうことではない。無神経すぎた。

「あいつには、金輪際連絡を取りません。そのほうがぜったいにいいんです。もうあいつには迷惑をかけられない」

自分にいい聞かせるように呟き、鳥飼は丼飯をかき込んだ。


「ここにいたんですね」

楯岡がカフェスペースに入ってきた。その後ろには西野もいる。

「鳥飼は口を割ったか」

筒井の質問には、いつもの減らず口が返ってくる。

「だったら、わざわざ筒井さんを捜したりしません」

「なかなかしぶといですね、やつは」

西野もしかめっ面だ。

「そうだろうな。あいつは保身のためだけに口を噤んだりしない。あいつなりの大義がある」

そういう人間の口を割らせるのは難しい。自分も鳥飼に手こずったことがあるからこそわかる。

「さすがですね。彼のことをよくご存じで」

楯岡は皮肉っぽくいいながら、手近にあった椅子に腰を下ろした。

「状況は」

「鳥飼のしぐさからわかったのは、強盗の一味は鳥飼を含めて三人——だからあと二人いるってことです。『マルフジジュエリー』の貴金属の買い取り方法についての情報を仕入れたのも、偽の買い取り依頼の電話をしたのもその二人みたいです。凶器も二人のうちの一人が所持していたようで、被害者を刺したのは、鳥飼にとって予想外の行動だったみたいです。完全に利用されたんですね」

「そんな連中と、いったいどこで知り合った?」

筒井は訊いた。

「それがわからないから、取り調べを中断してこうしてやってきたんです。鳥飼の人脈に、そういう犯行に及びそうな人間はいませんか」

「わからん。昔の仲間といまも連絡を取り合っているようなら——」

「それはありません」と言葉をかぶせられた。

「私もそのつながりなのかと思って質問してみました。けれど、不審なだめ行動もマイクロジェスチャーも見られなかった。昔からの仲間ではないんです」

「刑務所で知り合った元受刑者とかじゃないですか」

綿貫の推理にも、「それもない」と楯岡は即答した。

「質問してみたけど違った。元受刑者ではない」

「居酒屋で意気投合とか」

シオリはさも素晴らしいアイデアを思いついたという表情だが「それも質問してみたけど違った」といわれ、がっくりと肩を落とした。

「おれもそうじゃないかって思ったんだけどね」

西野のフォローに、余計にしょんぼりする。

「西野さんと同じこと考えたなんてショック」

「そういうことというかな」

西野が顔をかきながら苦笑する。

「共犯者とどこで知り合ったんだ……」

筒井は唸った。

「ほかになにか、ヒントになるような情報はないんですか」

綿貫がお手上げという感じに両手を広げる。

「二人の仲間と知り合ったのは、せいぜい三日前、鳥飼は二人の個人情報はおろか、人となりについてもほとんど知らない。二人への好意はなく、むしろ強い嫌悪を抱いている。犯行に協力せざるをえない、なにかしらの事情があったみたい」

筒井にとっては、少し意外だった。

てっきり仲間への好意から、仲間の素性を隠しているとばかり思っていた。昔と同じように悪い仲間とつるむようになり、またも安っぽい仲間意識を発揮しているのかと、少なからず失望したのだ。

「脅されてる……？」

探るような、シオリの口調だった。

「おそらくそうだと思う。けれど、鳥飼がなにについて脅されているのか、まったく見当がつかない。なにしろ彼には家族も、友人も、交際中の恋人もいない。仕事はしているけれどこれといった資産もなく、暴かれて困る秘密もない。失うものがなにもないの。なのになにかをひどく恐れている。それがなんなのかについて、かたくなに口を閉ざしている」

ふいに、シオリがなにかを思いついたような顔をする。

「元奥さん！」

「そうだ。筒井さんの話を聞いてると、鳥飼にとって別れた奥さんは、別れた後でもずっと特別な存在のように思えます。いま現在、鳥飼には失うものがないのかもしれませんが、別れた奥さんに危害を加えるとか、そんなふうにいって脅されたら従ってしまうのではないでしょうか」

綿貫はそれが真相だと確信しているかのように鼻息が荒い。

だが、楯岡の反応は芳しいものではなかった。

「その可能性については、すでに考えた。で、元奥さんに危害を加えると脅迫されたのかと質問をぶつけてみたけれど、違った」

「そうなんだ」

シオリが残念そうに眉を下げる。

「元奥さんからは鳥飼が逮捕されてほどなく別れを切り出され、離婚が成立しているんでしょう？　いまは再婚して幸せに暮らしているそうね」

楯岡がいう。

筒井、綿貫、シオリの間に奇妙な沈黙があった。

「どうしたんですか」

西野が不思議そうに三人の顔を見る。

「元妻は再婚している。鳥飼がそういったのか」

筒井は訊いた。

「はい。元奥さんに危害を加えると脅されているんじゃないかという可能性を追及していたら、鳥飼がそう答えました。自分と違ってきちんとした男と再婚していて、幸せな家庭を築いている。だから元妻は関係ない、と」

「やつは嘘をついていないのか」

「私のまじないは信じないんじゃなかったんですか」

軽口で応じる余裕はなかった。

「いいから教えろ！」

軽く顎を引いた楯岡が頷く。

「私がなだめ行動やマイクロジェスチャーを見落としていなければ、鳥飼は嘘をついていません。元妻はすでに再婚しているし、幸せな家庭を築いている。元妻に危害を加えると脅されてもいない」

――離婚のタイミングが早すぎると感じたんです。よほどの事情があったのかなって。

――離婚を切り出されたのは、おれが拘置所にいたときです。

――あいつには、金輪際連絡を取りません。そのほうがぜったいにいいんです。もうあいつには迷惑をかけられない。

――鳥飼は二人の個人情報はおろか、人となりについてもあまり知らない。二人への好意はなく、むしろ強い嫌悪を抱いている。犯行に協力せざるをえない、なにかしらの事情があったみたい。

筒井の頭の中でパズルのようにさまざまな断片が組み合わさり、一枚の絵をかたちづくっていく。

まさか……。

筒井は椅子を引いて立ち上がった。

「綿貫。行くぞ」

「えっ……どこにですか」

「いいから早くしろ」

綿貫が慌てて席を立つ。

「どうしたんですか」

西野が訊いた。

「見えたんだよ！　事件の真相が！　ちょっと待ってろ！」

筒井は怒鳴るように答え、綿貫を伴ってカフェスペースを後にした。

7

楯岡絵麻は取調室の扉を開いた。

デスクの向こうで鳥飼哲司が顔を上げる。パイプ椅子に腰かけているはずなのに、中腰になっているのかと錯覚するほどの大きな身体だ。

「どう？　休憩を入れて少しは気分転換できた？」

「そんな資格はおれにはありません」

鳥飼は軽く目線を伏せ、絵麻から視線を逸らした。罪を犯してしまったことにたいする『後悔』の表情。

「そんなに反省しているのなら、お仲間の名前を教えてくれてもいいんじゃないの」

「仲間はいません。おれ一人でやったことです」

「また同じ会話を繰り返すつもり？　なら、被害者から奪った七千万円はどこにやったの。たまたま通りかかった誰かが持ち去ったとでも？」

「そうかもしれません」

絵麻はやれやれといった感じの息を吐いた。

「嘘が下手すぎる。自覚あるわよね。人に指摘されることもよくあるでしょう」

「ないです」

応答潜時が長すぎるし、否定する直前に頷きと視線を逸らすマイクロジェスチャーが出ているし、喉仏に触れるなだめ行動が出ているし、声が震えている。すべてが嘘を示す反応だ。

「きみには二人の仲間がいる。けれどその二人の素性はほとんど知らないし、彼らが暴力的な手段を用いようとしていることも知らなかった」

「仲間」

鳥飼がふっと笑みをこぼす。「素性もほとんど知らないやつが仲間、ですか」

「そうね。表現が適切でなかった。とても仲間とは呼べないわね。きみを脅して、無理やり一味に引き入れて、いざとなったらきみのことを捨てて逃亡するような連中のことは。連中はただきみを利用しようとしているだけ。でもかつてのきみは、そういう連中のことを仲間と思って必死にかばっていた」

鳥飼の眼差しから温度が失われる。

「仲間だと思っていないのなら、話してもいいんじゃないの。きみと一緒に犯行に及んだ二人のことを」

「だから共犯者はいない――」

　かぶせるようにいった。

「石森つかささん」

　鳥飼が大きく目を見開き、鼻孔を膨らませる『驚き』の反応を見せる。

「あなたの別れた奥さんである、石森典子さん――旧姓清水典子さんの娘さんの名前」

「だったら、なんなんですか」

　わかりやすく落ち着きをなくし、そわそわとし始めた。

「あなた、元奥さんはとっくに再婚して幸せになっていると、私にいったわよね。けれどあなたがお世話になった筒井さんには、典子さんには金輪際連絡を取らないと宣言したそうじゃない。筒井さんにいった通りに連絡を取っていないのなら、あなたは元奥さんが再婚したことすら知らないはず。誓いを破って会いに行ったりした？　元奥さんの動向を探ったりしたの？」

　顔を左右に振るマイクロジェスチャー。鳥飼は宣言通り、元妻には近づかなかった。

「あなたは、元奥さんの再婚をどうやって知ったの」

「それは……」

嘘が下手な男だ。とっさにいい訳を思いつくはずもない。

「当ててあげましょうか」

絵麻は頬杖をついた。

「きみを犯行に誘った二人の男が教えてくれたのよ。犯行に加わらないと、あなたの娘の石森つかささんに危害を加えるぞ……と。そこであなたは、元奥さんの苗字が変わっていることを知った。そして、自分の娘が『つかさ』と名付けられたことも」

「なっ……」懸命に自分を保とうとするかのような、鳥飼の表情だった。

「なにをいってるんだ。意味がわからない」

「『つかさ』という名前は、あなたの哲司という名前から司という一字を取ったものよね」

「違う。ただの偶然です。なんでおれの名前から漢字を取るんですか」

「あなたの娘だから」

「だからそれは――」

「典子さんのいまの夫とつかささんの間には、血のつながりがないの。典子さんはあなたが逮捕された八か月後に、未婚の母として出産している。いまの旦那さんと入籍するのは、その二年後のことよ」

鳥飼は目を見開いて呆然としている。

「きみは奥さんに捨てられたんじゃない。きみが離婚を切り出したのよね。生まれてくる娘を、犯罪者の娘にしないために」

そこまでいって、絵麻はぺろりと舌を出した。

「なんちゃって。まるで自分の推理みたいにいっちゃったけど、これ、筒井さんの推理なんだけど」

「筒井さんの……？」

「そう。筒井さんはあなたが離婚したことに違和感を抱いていた。出所した後の、元奥さんについて語るあなたの態度にも。けれど、今回の事件を通じて気づいたらしいの。あなたが強盗致傷で逮捕された当時、典子さんは妊娠していたんじゃないかって。残念なのは、あなたが仲間に誘われて犯行グループに加わる前にそれを知ることができなかったってことよね。もしも知っていたら、あなたは仲間の誘いを断ったかもしれない。けれど実際には、あなたは仲間に誘われて町工場に盗みに入ってしまった。そこで人を傷つけてしまった。拘留中の面会時に、奥さんから妊娠の事実を告げられた。だから、奥さんに別れを切り出した。妊娠中の奥さんを一人にするなんて無責任だけど、でも有罪判決が下ればどのみち何年も自宅に帰ることはできない。それならばいっそ奥さんと別れて、奥さんを支えてくれる別の男性が登場する可能性に賭けた。奥さんはあなたの意を汲んで離婚に同意したものの、あなたへの気持ちは残っていた。だから生まれてきた娘に、あなたに由来する名前をつけた」

鳥飼は口をぱくぱくとさせるだけだ。言葉はない。

「私の話が正しいか間違っているかなんて、答えてくれる必要はない。あなたの大脳辺縁系が答えてくれているから。いま、筒井さんたちはつかさちゃんの行方を追っているわ」

「ちょっ……」鳥飼の顔から血の気が引いた。

「ちょっと待ってくれ！　下手なことはやめろ！　娘を死なせる気か！」

デスクを叩き、立ち上がる。

反応して背後で西野が立ち上がる音もした。

「大丈夫」

まず西野を振り返りながらいって、鳥飼にも同じことをいった。

「大丈夫」

「なにが大丈夫なんだ」

「少なくとも、つかさちゃんの身に危害が及ぶことはない」

少し安心したらしく、鳥飼の肩が落ちる。

「つかさちゃんの身の安全は保証できる。でもあなたにとっては、これが喜ばしい結果かどうかは微妙なところかもしれない」

「どういうことだ……」

絵麻は顔の前で手を重ねた。

「その前に話してくれるかしら。三日前、若い二人組の男があなたに接触してきたのよね」

観念したらしく、鳥飼はあっさり頷いた。

「ああ。角田と羽山と名乗る二人組だった。娘を誘拐した、協力しなければ娘の命はないといわれた」

「そんな話を信じたの」

「テレビ電話で見せられたんだぞ！　どこかわからない暗い部屋で！　縛られた娘が泣き叫ぶところを！」

「つかさちゃんとは会ったこともなかったんでしょう」

「会ったことがなくてもわかる！　目もとがおれにそっくりだったんだ！」

「そういうことをいってるんじゃないの」

強く咎められ、鳥飼が怪訝そうに眉をひそめた。

「会ったことすらなかった、ずっとほったらかしにしてたのに、娘の嘘が見抜けると思ったのかっていってるの」

「嘘……？」

現実を認められないのもしかたがない。人間は信じたいことだけを信じる生き物だ。

「まだわからないの。つかさちゃんもグルだったのよ。テレビ電話で泣き叫んだのは、あなたを一味に引き入れるための演技。実際には誘拐なんてされていないし、だから彼女の身に危険が及ぶこともない」

筒井も当初は、つかさの身に危険が迫っていると思っていたようだ。だがつかさの母である石森典子を訪ねたところ、娘は今朝、男友達とともに出かけたと、不思議そうにいわれたらしい。誘拐は狂言だったのだ。

鳥飼は放心した様子で口を半開きにしている。

そのとき、絵麻の懐でスマートフォンが振動した。綿貫からの音声着信だ。

「もしもし。お疲れさま」

絵麻は三分ほど会話をして電話を切った。

「つかさちゃんの身柄を確保したそうよ。角田毅と羽山浩也と一緒に、車で成田空港に向かおうとしていたって」

「う、う……」

「嘘だっていいたいの？　嘘ではない。でもそれでよかったじゃないの。大事な娘さんの生命の危険はなくなったんだし。ただし、なんの罪もない被害者二人のうち、一人が命を落とし、一人がまだ意識不明だけど。そしてつかさちゃんは強盗殺人の共犯として裁かれ、これから長い時間を檻の中で過ごすことになる。これがあなたの望んだ結果なんでしょう。めでたしめでたしじゃない」

「違う。違う違う」

　鳥飼の瞳がみるみる潤み、ほどなくあふれ出した涙が頬を伝った。そして椅子に座っていられなくなったのか、床に倒れ込む。

「こんなはずじゃなかった……こんなはずじゃ……」

「どういう意図があったのかはともかく、結果的にあなたは自分の子供を捨てた。そんな人間が子供にどう育って欲しいか、注文をつける権利なんてあるのかしら」

　鳥飼は子供のように泣きじゃくりながら、硬い床をこぶしで殴り続けた。

8

「お。一人か」

声がしたほうに顔を向けると、居酒屋の出入り口に筒井が立っていた。

「そっちも珍しいじゃないですか。金魚の糞はどうしたんですか」

絵麻はぷいと顔を背け、ビールのジョッキに口をつける。

新橋ガード下の居酒屋だった。いつもなら西野と二人の祝勝会だが、今日は一人だ。

「おれだって、たまには一人で飲みたい夜もある」

「そんなことといって。誘ったけど断られただけじゃないんですか」

「んなわけないだろう。そっちこそ振られたんじゃないか。前は楯岡さん楯岡さんってうるさかったあいつにも、ついに恋人ができたしな」

「つきまとわれて鬱陶しかったんでちょうどいいです」

西野からは祝勝会をやろうとせがまれたのだ。だが、今日は疲れていると断った。西野は、絵麻が真っ直ぐ帰宅したと思っている。

「よくいうよ」

筒井は笑いながら隣の席に座った。

「一人で飲みたかったんじゃないですか」

「飲むさ。一人で。まさか会計一緒にしてもらおうなんて期待してないだろうな」

絵麻は鼻で笑った。素直にたまには一緒に飲もうといえばいいのに。

もっとも、それができないのは私も同じか。

「大将。生一つ。あと枝豆とポテトサラダ……いや」

筒井が絵麻の前に並んだ小鉢に目を留める。

「は、あるからいいか」

「はあっ？　会計は別なんですよね」

「堅いこというな。一人でそんなに食べきれないだろう」

筒井は小鉢から枝豆をつまみ、口に放り込んだ。

「汚い手で触らないでください。これもうあげます」

絵麻は枝豆の小鉢を筒井のほうに押し出した。

「いいのか。くれるってもんはもらっとくが」

筒井には悪びれる様子もない。

筒井の注文した生ビールが出てきたので、ぎこちない乾杯を交わした。

「おまえ、それ、ビールの飲み方じゃないだろう」

筒井が笑う。

絵麻はビールを舐めるように飲む。酒は嫌いではないが、強くない。

「そういうの、いまはアルハラっていうんですよ」

「なんだそりゃ」

「アルコールハラスメントの略です。飲酒や一気飲みの強要、お酒にまつわる迷惑行為のことをいいます」

「知るかよ、そんなの」

耳をかたむける気はないらしい。

「とにかく、私は自分でお金払ってるんだから、飲み方まで指図されたくないです」

少し舌がもつれた。酔いが回り始めている自覚はあった。頬が熱い。

「どうでもいいけどな」

筒井はふっと息を吐き、自分のものにした枝豆をかじる。

しばらく沈黙が続いた後で、絵麻はいった。

「今回は、ありがとうございました」

「あ？　いまなんつった？　聞こえないな」

筒井が耳に手を添えて訊き返してくる。

「二度はいいません」

がははは、と豪快な笑い声が返ってくる。

ところが、筒井はふいにしんみりとした顔つきになった。

「しかし切ないよな。鳥飼の気持ちも、娘の気持ちもわかるだけに」

「妊娠した奥さんに離婚を切り出すなんて、無責任なだけだと思いますけど」

「だが強盗致傷だ。何年も娑婆には出てこられない。出所してからの仕事やら世間の目やらを考えると、たしかに無責任かもしれないが、鳥飼の行動は——」

「でも、つかさちゃんはそれを望んでいなかった。だからこんな結果になった。違いますか」

筒井が不満げに唇を歪める。

鳥飼は生まれてくる子供に『犯罪者の子』というレッテルがつくのを嫌って、自ら妻子のもとを去る決断をした。離婚後の妻は未婚の母となり、経済力のある男と結ばれた。鳥飼の思惑通りに運んだはずだった。

だが、娘のつかさは非行に走った。悪い仲間とつるむようになり、友人の角田毅・羽山浩也とともに現金強奪の計画を立てる。

　当初はつかさ自身も実行犯として参加するつもりだったようだが、つかさは自分を捨てた実の父を一味に加えることを思いついた。実の父が強盗致傷の前歴がある犯罪者だということは、十六歳の誕生日に母から聞かされた。つかさは、身勝手な父親にたいし激しい怒りと憎しみを抱いたという。そのころから問題行動を起こすようになり、素行も荒れていった。角田と羽山にたいしては、実の父を一味に加える理由を、強盗の経験者がいたほうが心強いと説明していたようだが、実際の目的は復讐だった。

　もっとも、つかさ自身が考えていたのとは異なるかたちで、大きな復讐を果たすことになったが。

　自分の娘が犯罪者になるという結果で――。

「前科者だろうとなんだろうと、自分たちのそばにいて欲しかった……ってことなのかね。そのほうがよかったのか」

「正解が出ることはありません。つかさちゃんはそれを望んでいたかもしれないけど、実際に離婚せずにいたら、鳥飼が危惧した通りの問題に直面したかもしれません。『犯罪者の子』というレッテルに苦しみ、父親を恨んだかも」

「だな。結局は若いころに馬鹿やらなきゃよかったたって結論になるんだろうが、そうなると、一度過ちを犯した人間のやり直しは利かないってことにもなる」

「やり直しが不可能な世の中にしちゃいけませんけど、ある程度困難になるのはしかたがないと思います。若気の至りであれ一時の気の迷いであれ、やってしまった事実は消せないんです」

ううん、と筒井が顎に手をあてて考え込む素振りを見せる。

「でも、中岡さんが一命を取り留めたのは、不幸中の幸いでした」

「そうだな。それは本当によかった」

二人の被害者のうち、生死の境を彷徨(さまよ)っていた中岡大地の意識が戻ったと連絡が入ったのは、事件から三日後のことだった。その後も経過は順調のようだ。警察の取り調べにも応じられるようになったという。

中岡によれば、犯行グループ三人のうち、ひときわ身体の大きな男――おそらく鳥飼だ――は、ほかの二人が刃物を振るうのを止めようとしたし、警察が駆けつけるギリギリまで亡くなった山口茂光の止血をしようと傷口を押さえていたらしい。

「ひとまずおれたちにできることはもうない。事件についても、鳥飼の親子関係についても」

「そうですね」

「あらためてお疲れ」

筒井がジョッキを軽く持ち上げる。

「お疲れさまです」

絵麻もジョッキを持ち上げて応じ、黄金色の液体に口をつけた。

9

西野圭介が暗闇で天井を見つめていると、胸のあたりでなにかがもぞもぞと動いた。

「なに考えてるの」

恋人の琴莉の頭だった。西野の右脇のあたりに載せた頭を回転させ、西野を見上げている。

二人がいるのは琴莉の住むアパートだった。最寄り駅からバスで十五分、バス停からも徒歩で五分かかり、けっして交通の便が良いとはいいがたい立地だが、それだけに家賃が破格に安いのだという。たしかに、西野が大学時代に一人暮らししていた都内の安アパートと同じ家賃なのに、それよりも広いし、築浅で清潔だ。オートロックまでついている。

二人は全裸で、窓際のシングルベッドの上にいた。真上に設置されたエアコンの風が、直接顔にあたる。だからベッドの置き場所を変えたほうがいいと助言したこともあるし、琴莉も考えておくといってくれたのだが、何度訪れてもベッドの位置は変わらない。今度の休みに西野がやってあげるしかなさそうだ。

「起きてたの」

西野は白く細い肩を抱き寄せた。

「ちょっと寝落ちしてたけど」

さっきまで穏やかな寝息が聞こえていた。

「ねえ。なに考えてたの」

「別に。なにも。ただ、よく見えるな……って」

「なにが？」

「天井とか、本棚とか、テレビとか、簞笥とか、坂口の顔も」

首を持ち上げる。くりくりした瞳が西野を見ていた。

「なにそれ」

琴莉が噴き出した。

「だって、さっきまでは真っ暗でなにも見えなかったのに」

「目が慣れたんだよ」

「うん。それはわかってる。でも、あらためて考えると、不思議だ。人間の身体ってすごいよな」

どんなに真っ暗でも、そのうち慣れてくる。暗いなりに、どこになにがあるのかわかるようになってくる。暗闇でも動けるようになる。

「私には慣れた？」

なにをいわれているのか理解できず、きょとんとなった。

「どういう意味？」

「別に。なんでもない」

西野の頰に口づけし、琴莉は目を閉じた。

「おやすみ」

「おやすみ」

西野はいったん閉じたまぶたを、すぐにまた開いた。

第三話

トンビはなにを産む

1

ブレーキレバーを握り締めると、自転車がきいと鳴いた。
河北小百合（かわきたさゆり）はサドルから降り、瓦葺き（かわらぶき）数寄屋（すきや）造りの門扉の脇でスタンドを立てる。前かごに入れていたスーパーの買い物袋を提げ、引き戸の横にある通用口の扉を開いた。

広い敷地の奥に、木造の古い一軒家が建っている。玄関へと続く渡り石の周囲には緑があふれていて、しばしばここが東京二十三区内であることを忘れてしまう。

玄関の引き戸の磨り（す）ガラスの奥に、人影がうごめいていた。よろよろといまにも倒れそうな不安定さで、戸を開けようとする。合鍵（あいかぎ）は預かっているが、使う必要はなさそうだ。

小百合は嬉しくなって呼びかけた。

「さーわやーまさん」

澤山（さわやま）老人が引き戸を開ける。腰が曲がって痛々しいほどに手が震えているが、小百合がアイロンをかけたライトブルーのシャツとスラックスの服装には清潔感がある。

普段は左側頭部がはねている毛量の乏しい白髪(しらが)も、きちんと櫛(くし)を通したのか、ぺたりと頭のかたちに沿っていた。

「どうしたの。どこか出かけるの」

小百合は澤山老人が転倒しないよう、さりげなく横にまわって身体を支えた。澤山老人は要介護度１。だいたいのことは一人でできるものの、歩行が不安定で日常生活では杖を手放せない。

「そろそろあんたが来るころだと思ってな」

しわがれた弱々しい声だった。

「待っててくれたの」

「腹が空(す)いたから」

もともとそうなのか、加齢のせいなのか、澤山老人は表情が乏しい。だから最初のうちは発言が冗談なのか本気なのか判断がつきかねた。

だがいまはわかる。冗談だ。

「まあ。素直じゃないのね」

小百合は頬を膨らませてみせる。

「今日の晩飯はなんだ」

「澤山さんが昨日食べたいっていってたもの」

「年寄りの記憶を試すなんて底意地が悪いな」

そういいながらも澤山老人は虚空を見上げ、しばらく考えた。

「冷や汁……か」

「ピンポーン」

小百合は人差し指を立てた。「材料買ってきたから」

「でも河北さん、冷や汁なんて知らないって……」

冷や汁というのは、澤山の母の故郷である九州の郷土料理らしい。食べたいもののリクエストを募ったところ、澤山がその名を口にした。懐かしの母の味といったところか。

「いまはなんでもネットで調べられる便利な世の中なの。レシピを見つけてきたら作ってあげる。ただ、澤山さんのお母さんの味は再現できないと思うから、期待はしないでね」

家の中に入った。澤山老人を居間の座椅子に座らせ、台所に入って食材を広げる。

初めて作るメニューだが、包丁捌き(ほうちょうさば)きは手慣れたものだった。生活援助でほかの要介護者の家でも料理をしているし、ホームヘルパーとして働き始める前には、十年ほど専業主婦として家族のために毎日料理を作り続けていた。

一時間ほどで食事の支度を終え、できあがった料理を食卓に並べる。

スプーンを手にした澤山老人が、冷や汁の椀をすくって口に運んだ。

「どう？　美味しい？」

小百合は胸の前で手を重ね、反応を待った。ネットに上がっていたいくつものレシピから、澤山老人が話していたのにもっとも近そうなものを選んだのだ。

澤山が眉間に皺を寄せ、もぐもぐとさせていた口の動きを止める。

「美味しくなかった？」

小百合の質問には答えずに、もう一口食べた。

ゆっくりと味わうように、咀嚼する。

「どうなの？　美味しいの？　美味しくないの？」

「美味し……」

そこまでいって、澤山老人の首がかくんと折れた。電池が切れたような動きにひやっとする。

「大丈夫？　どうしたの？」

澤山老人は深くうつむいたままだった。だが具合が悪くなったわけではなさそうだ。

よく見ると、肩が小刻みに震えている。

「澤山さん……」

もしかして、泣いてる？

その通りだった。澤山老人はやがて手で目もとを覆った。

「どうしたの？　そんなに美味しくなかった？」

そんなことで大の大人が泣いたりするわけがない。だが、それ以外に心当たりもなかった。

「違う」

澤山老人はかぶりを振った。何度か目もとを拭いながらいう。

「これを食べてたら、死んだ母親のことを思い出してしまってな。子供のころによく作ってくれたんだ。美味しいよ、すごく」

そういってふたたび椀をすくい始めた。

ふうっと全身が脱力する。気に入らなかったのかと思った。

「よかった」

その後も澤山老人は美味しい美味しいと繰り返しながらスプーンを動かし続け、小百合の作った料理を残さず平らげた。

「また作ってあげるよ」

「ああ。頼む」

いつもひねくれている澤山老人が、そのときばかりは素直に頭を下げた。

2

「冗談でしょ！」

取調室にヒステリックな声が響き渡った。がたん、と背後から聞こえる音は、西野が驚いて椅子を引いたのだろう。

『尖塔のポーズ』をとる絵麻の前には、派手な柄のチュニックブラウスを着た女がいた。おかっぱ頭の髪の毛を茶色というよりは赤に近い色に染め、目の縁には太すぎるアイラインを引き、いくつも宝石をあしらった派手なネックレスが首もとで下品に存在感を主張している。ふくよかな体形のせいか肌艶はよく、六十二歳という実年齢よりは若く見える。

女の名は矢内好美（やうちよしみ）。名古屋で輸入貿易業を営む実業家という話だ。

「私が殺すわけないでしょう！　その女の存在すら知らなかったんだから！」

一週間前、江東区新木場の東京湾で女性の遺体が発見された。

所持品から判明した身元は河北小百合。三十五歳。足立区梅島のアパートで一人暮らしをしながら介護職に就いている女性だった。死因は失血性ショック死。遺体に水を飲んだ形跡はなく、殴る蹴るなどの暴行を受けたような無数の外傷が見られたため、警察は早い段階で殺人事件と断定、特別捜査本部を設置し、捜査にあたることになった。

捜査本部は当初、捜査員たちに被害者の人間関係を徹底的に洗うよう指示を出していた。東京の片隅でつましい生活を営む介護職員が、拷問ともいえるほどの凄惨な暴行を受けて殺害されたのだ。なんらかの人間関係のトラブルに巻き込まれた可能性が高いと考えた。

ところが、いくら探っても被害者に恨みを持つような存在は浮かび上がらない。職場での評判も上々、ご近所トラブルもなし。百万ほどあった借金も、一年ほど前に完済されている。交際中の異性もおらず、六年前に離婚した元夫とも、いっさい連絡を取っていなかったようだ。

だとすれば、行きずりの犯行ではないか、あるいは、人知れず被害者につきまとっていたストーカーがいたのではないか、などのやけっぱち気味の意見も出始めたころ、衝撃の事実が発覚する。

被害者が勤務する『とどろきケアサービス』の顧客である澤山松五郎（まつごろう）と被害者が、養子縁組していたというのだ。被害者は半年ほど前から澤山の生活支援を担当しており、ほかのヘルパーと交代で週に何日か澤山宅を訪れ、食事を作ったり掃除をしたりと世話を焼いていたらしい。

澤山は二週間前に入院し、その五日後、つまり被害者が殺害される二日前に死亡している。

要介護老人と担当ホームヘルパーが、三日の間に相次いで亡くなっていたのだ。

澤山松五郎の死因は脳挫傷による予後不良。自宅で転倒した際に頭を強く打ったとみられ、翌朝、生活支援に訪れた被害者とは別のホームヘルパーに発見され、救急搬送されたという。

さらに驚くべきは、澤山の入院から河北小百合殺害までの五日の間に、澤山と被害者の養子縁組が解消されていたことだった。澤山が息を引き取る前日、役所に養子離縁届が提出されていた。

そうなると捜査本部の関心は、およそ五億円ともいわれる澤山の遺産相続人に向けられる。澤山は十五年前に妻を亡くしており、子は離れて暮らす娘が一人のみ。つまり唯一の相続権者が、娘だった。

その澤山の娘というのが、いま取調室にいる矢内好美だ。好美は病院からの連絡を受けて上京、澤山が死亡して葬儀を終えるまで、十日間にわたって実家である澤山邸に滞在していたそうだ。

「被害者の河北さんは、入院中の澤山さんを何度か見舞っている。そのときに彼女と会ったんじゃないの」

絵麻は訊いた。

「会ってない」

かぶりを振る直前に表れる、頷きのマイクロジェスチャー。

太い指が落ち着かない様子でネックレスをいじる。

「嘘ね」

ぐっ、と言葉に詰まるような反応があった。

「会ってないわよ」

「本当に？　嘘をつくとためにならないわよ」

絵麻はしばらく口を噤み、視線で圧力を加えた。

「なによ……」

好美の視線が泳ぎ、ネックレスをいじる動きがせわしなくなる。

やがて逆ギレしたように口を尖らせた。

「会ったわよ！　でも、父を担当していたホームヘルパーって自己紹介されただけだし、養子縁組してたなんて知らなかった！」

「どうして嘘をついたの」

「それは……会って話したなんていったら変に疑われるかもしれないし」

「嘘をついていたことがバレても疑われることになるけど」

「私はやってない！」

絵麻はぴくりと眉を上げた。

「なにを？」

「その、河北とかいう女よ。その女を殺してない」

「でも、あなたには動機がある」

絵麻は手もとの捜査資料を開いた。

「輸入貿易業なんていっても、なにかの専門家だとか、目利きだとかいうことはないみたいね。旦那さんの営む飲食チェーン店が調子よかったときに作った、税金対策の会社ってところかしら。妻に会社ごっこをやらせてわざと赤字を出させるぐらい羽振りがよかった旦那さんも、このところ調子が悪いみたい。そうなったら問題視されるのはあなたの会社……いや、あなたの浪費癖ってことになるんだろうけど、長年の贅沢に慣れきった人間には、生活レベルを落とすのは難しい。そんな状況で転がり込む五億円は、かなりありがたいわよね」

絵麻が手の平を開いて『五』を表すと、好美は黒く縁取られた目を大きく見開いた。

「やってない！」

指先がネックレスに触れる。

「なにを？」

「だから河北を殺してない！」

好美はデスクを叩いて強弁した。

「相続人は自分だけのはずだったのに、養子がいるなんてことになったら、相続の取り分が半分になっちゃうわね。五億が二億五千万になるのは、かなりの痛手よね」

「知らなかったんだってば！　信じてよ！」

「いましがた嘘をついてた人間がそんなこといっても、信じられるものかしら？」

絵麻はもったいつけるように人差し指を唇の端にあてる。

ファンデーションを白く塗りたくった好美の顔は、いまや白を通り越して青に近くなっていた。

3

「河北さん。そろそろ休憩したらどうだい」

澤山老人が縁側から声をかけてきた。

「もう少し。キリがいいところまでやったら」

小百合はそう応え、雑草を握ったこぶしを引き上げる。だが、思ったより根が深いようだ。土が盛り上がるばかりで抜けない。

何度も力をこめて、四度目でようやく抜けた。その拍子に地面に尻餅をついてしまう。

「きゃっ！」

するとカッカッカッという笑い声が聞こえた。

「河北さんもそんなかわいらしい声を出すんだな」

「失礼な。私だって女の子なんですから」

こぶしを腰にあてて怒りを表現した。もう三十五歳だ。しかもバツイチ。年甲斐もなくこんなカマトトぶったしぐさ、ほかの人の前ではぜったいにしないし、できない。けれど、祖父と孫ぐらい年齢の離れた澤山の前では、恥ずかしがることなく自分をさらけ出せるようになっていた。思えば、母方の実家とは疎遠だったし、父方の祖父は早くに亡くなった。小百合には「やさしいお祖父ちゃん」の思い出がほとんどなかった。

「とにかく休憩しようじゃないか。あんたの身体を気遣ってるんじゃないぞ。私がお茶を飲みたいんだ」

「はいはい、わかりました。じゃあお茶淹れますね」

首にかけたタオルで額の汗を拭い、縁側から家に入った。

湯を沸かす間も、澤山老人はずっと縁側に腰かけていた。縁側で茶を飲みたいらしい。

「そういえば、この前買ってきた羊羹がまだ残ってるけど」

「じゃあ、それも頼む」

包丁で一口サイズに切った羊羹を小皿に載せ、湯呑みと一緒に縁側に運んだ。

「ありがとう」

おそるおそる湯呑みに口をつけた澤山老人が、美味そうに目を細めた。

小百合も両膝をつき、両手で湯呑みを持ち上げる。

遠くで鳥の鳴く声がした。塀の外をトラックのようなエンジン音が通過していく。静かで穏やかな昼下がりだった。

「だいぶ綺麗になったな」

澤山老人は庭を眺めながら、満足そうに目尻を細めた。

「まだまだですけどね」

最初にここを訪ねたときに比べたら、雑草も目立たなくなった。けれど、一人で仕事の合間を縫っての作業ではなかなか追いつかない。お金はあるのだから専門の業者にでも整備させたらいいのにと思うが、澤山老人は外部の人間が出入りするのを嫌う。そもそも、庭を綺麗に保ちたいという願望すらなさそうだった。なので、小百合が仕事の前後や休日に少しずつ作業を続けている。

「無理せんでいいんだぞ」

「無理はしてないから平気。東京で暮らしてると、土をいじる機会なんてなかなかないから楽しいし」

ふん、と鼻を鳴らされた。

「河北さん、あんた、誰かいい人でもおらんのか」

「なによ。藪から棒に」

「せっかくの休みにまでこんな爺さんの家で草むしりだなんて、年ごろの娘さんのすることじゃないだろう」

「年ごろ」

噴き出してしまった。八十三歳の老人から見れば、自分もそうなるのか。

「そんなふうにいってくれて嬉しいけど、私三十五歳ですから」

「まだ若い。女盛りはこれからだ」

「でもバツイチだし」

「それがどうした。失敗は誰にでもある」

失敗、か。そんなふうに割り切れれば、どんなに楽だろう。

しばらく曖昧に顔を歪めていたが、小百合はかぶりを振った。

「やっぱり駄目。とてもそんな気持ちにはなれない」

「どうして」

「前に話したでしょう。別れた旦那に息子を取られたって」

「ああ。聞いた」

「何年も会ってないけど、私はまだあの子のお母さんなの。とてもじゃないけど男の人と付き合ったりする気になれない。ましてや結婚だとか出産だとか、想像できない」

「そうか……」

澤山老人の横顔が憂いを帯びる。

「息子さんに会いに行ったりは——」

話の途中から、小百合は顔を横に振っていた。

「まさか。あの子にはもう新しいお母さんがいるのに」

「だけど、生みの親には変わりないだろう。血は水よりも濃いっていうじゃないか」

「だからよ」思いがけず強い口調になった。

「だから私が会いに行くわけにはいかないの」

澤山老人は納得いかない様子だ。口角を下げた神妙な顔で遠くを睨んでいる。

「澤山さんはどうなのよ」

「どうって、なにが」

気づかないふりをしているだけで、たぶん気づいていそうな反応だった。

「娘さんのこと。連絡取ってるの」

痛いところを突かれたという感じに顔を歪め、澤山老人が口を開く。

「いや」

しばらく黙っていたのでそのまま会話を終わらせるつもりかと思いきや、おもむろに続けた。

「娘といってももう六十を超えとるからな。お互い大人だ。大人同士が仲違いしただけだ。いまさらどうにかできるとも思わん」

澤山老人が一人娘と音信不通になっていることは、以前に聞いたことがあった。娘の結婚に猛反対したことで関係がこじれ、澤山老人の妻——娘にとっての母親が病死したのを機に、ほぼ断絶状態に陥ったそうだ。

澤山老人と小百合は、互いの傷を舐め合っているだけなのかもしれない。それでもかまわないと思う。古傷を舐めてくれる相手すらいないよりは。

「このまま一生連絡を取らないつもり？」

「向こうから連絡が来なければ、そうなるだろうな」

「澤山さんから連絡する気は？」

「ない」断言された。

やれやれだ。娘がどういう性格かは知らないが、絶縁の原因の大部分は澤山老人のほうにあるのではないか。

「老い先短い私なんかより、あんたのことのほうが重要だ。息子さんに会ってくれればいい。お腹を痛めて産んだ子だ。あんたには息子に会う権利がある」

「そんなに単純な話じゃないの」

「いいや。単純な話だ、本当はな。あんたが勝手に複雑にしとるだけだ」

「はいはい。わかりました。そういえば、食器棚の抽斗にうす焼きせんべいが入ってたのを見つけたけど、あれいつのだったかしら。召し上がります？」

話題を逸らされて、澤山老人が不服そうな顔をする。

その顔を見ないように立ち上がり、小百合は台所に向かった。

4

「事件前後の、あなたの行動を確認させてもらうわね」

絵麻の言葉に、好美が口もとを引き結んで身構えた。丸い両肩がわずかに持ち上がったのは、デスクの下でこぶしを握り締めたせいだろう。

「あなたは病院からの連絡を受けて、二週間前に名古屋から上京した」

「ええ」

答えながら、ネックレスに手をのばす。

「移動手段は新幹線？」

「そう。経費にしようと思ってたから、領収書が残ってる」

「上京してすぐに病院に向かったの？」

「そう。青山にある、なんていったっけ……」

「南青山中央病院」

「そう。そこ」

人差し指を立てる好美を、軽く牽制する。

「父親が亡くなるまで入院していた病院の名前を忘れたの。ずいぶんとやさしい娘さんね」

「な、なによ。場所さえわかれば病院の名前なんて大した問題じゃないでしょう」

それには返事をせず、絵麻は軽く肩をすくめた。

「東京に滞在する間、あなたは世田谷区等々力にある実家に泊まっていた」

「もちろん。それがどうしたの。自分の家なのに、居て悪いの」

それがお守りであるかのように、ネックレスをぎゅっと握る。

「いいえ。悪くない。あなたの家であなたがなにをしようと自由よ」

「……嫌ないい方」

好美が自分の腕を抱え込むようなしぐさを見せた。相手を警戒し、防壁を築こうとする心理の表れだ。

「で、あなたは東京でなにをして過ごしていたの。毎日お父さんのお見舞いには顔を出していたものの、長くても一時間ぐらいで帰っていたみたいじゃない」

じとっと湿り気を帯びた上目遣いが、絵麻を睨める。

「私のことを冷たい女だと思っているでしょうね」

「どうかしら」

絵麻は顔の前で手を重ね、軽く首をかしげた。

「私だって本当は、仲の良い父子でいたかったわよ。父親にいろいろ相談したり、友達みたいに父親とどこかに出かけたりする人たちを、ずっと羨ましいと思っていた。だけど、うちはそうじゃなかった。小さいころから厳しく管理されてきたし、初めて出来たボーイフレンドとは無理やり別れさせられた。好きなようにやれと寛大さを装いながら、いざ私が選んだらそれをすべて全否定するような人だった。私が意見をいおうとしても、すぐに感情的になって大声でまくし立てる。権威主義で自分より上の人の話はよく聞くけど、自分より下と判断した人間の話には耳を貸さない。私は娘というだけで、あの人にとっては無条件に『下』だった。だから、私の意見なんて聞く気はなかったの。それでも私は父に従ってきた。父の望むような良い子になろうとした」

「……それで？」

絵麻は挑発するような棒読み口調で先を促した。

『怒り』と『嫌悪』の微細表情を出現させた後で、好美が続ける。

「あの人にとって自分こそが正義なの。母と私は、ずっとあの人の顔色をうかがって生きてきた。いまの主人と結婚して家を出たときには、背中に羽根が生えたような解放感を覚えたわ。そのときに自由という言葉の意味を初めて知った気がする。それまでの私は、本当の意味で自由になったことがなかったから。父は当然のように主人との結婚を反対した。あんな男におまえを幸せにできるわけがないと決めつけた。でも、父だって母を幸せにできたわけじゃない。私は知ってたの。潔癖を装っていた父が、かつて職場の部下の若い女と不倫していたのを」

「一つ、訊いていいかしら」

「なに？」

「結局、なにがいいたいの」

好美が虚を突かれた顔をする。

「亡くなった父親が、いかに醜悪な人間だったかを理解して欲しいのかしら。だから生死の境を彷徨う父親の看病をしなかった自分は間違っていないと主張したいの？自分は薄情な人間ではない。悪いのは家族をないがしろにした父親のほうだって？」

「そうじゃない――」

「私にはそう聞こえたけれど」

　絵麻はうんざり顔で髪の毛をかいた。

「っていうか、そもそも私はなにもいってない。あなたが冷たいとか、薄情だとか、そんな言葉であなたを責めたりしていない。あなたが勝手にペラペラとしゃべり始めたの。私が訊いてもいないことを」

　けれど、と小さく息を吐く。

「いまの話でよくわかった。思い込みが激しく、独善的で、自己憐憫（じこれんびん）の感情が非常に強いあなたの性格が。気づいているかわからないけど、それってあなたがたったいま批判していた嫌悪すべき存在としての父親とまったく同じ。まるで自分の欠点を挙げているだけのように聞こえた。あなたがお父さんを嫌っていたのは、自分の嫌な部分をお父さんの中に見出してたからよ。心理学用語で『投影』ってやつ。お父さんと接していると自分の嫌な部分をまざまざと見せつけられるような感じがするから、お父さんのことを嫌いな――」

「そんなことない！」好美がデスクを叩いた。

「私があの人と同じだなんて、そんなことはぜったいにない！　いくら警察でも、そんなことをいうのは許さない！」

絵麻は白けたような顔で椅子の背もたれに身を預けた。

少し前に目の前の女が吐いた台詞を再現する。

「私が意見をいおうとしても、すぐに感情的になって大声でまくし立てる」

好美に息を吸う気配があった。

「別にいいわ。あなたが自分を父親と似ていると認めようと認めまいと。そんなことにはまったく興味がない。私が興味を持っているのは、父親を見舞っている以外の時間に、あなたがなにをして過ごしていたのか。とくに……」

絵麻は手もとの捜査資料をめくった。

「あなたにとっての東京滞在四日目。あなたのお父さまが亡くなる前日の行動を教えてちょうだい。この日の午前十一時ごろ、世田谷区役所の等々力分庁舎に養子離縁届が提出されている」

「私が出したんじゃない」

「あなただとはいってないけど」

好美が瞳に反発の色を湛える。直接的にではないが、自分を疑っているのは明らかじゃないかといいたげな表情だった。絵麻としても、もちろんそういう意図で話している。

「この日、あなたがお父さまの入院する病院を訪ねたのは──」

面倒くさそうに遮られた。

「午後三時ごろ。ほかの刑事にも話したけど」

「ごめんなさいね。連携が取れていなくて」

絵麻は両手を合わせていった後、すぐにその手をおろす。

「いつもならこんなふうにいい訳するところだけど、正直にいうわ。嘘をついている人間は何度も同じ質問をされることで回答がブレてきて、ボロを出す可能性がある。だから、対象の発言内容を疑っているときには複数の刑事が同じ質問をするの」

「なっ……」

隠しようもない『怒り』と『嫌悪』。もはや誰が見ても明らかな敵対姿勢だった。

「等々力から病院の最寄り駅である青山一丁目まではせいぜい三十分といったところだから、午前十一時に区役所の等々力分庁舎で養子離縁届を提出し、午後三時までに南青山中央病院というのは、じゅうぶんに可能よね」

「届けを出したのは私じゃない」

「それなら、養子離縁届が出された午前十一時ごろ、あなたはなにをしていたの」

「い、家にいたわよ」

「家というのは、等々力の実家のことよね」

「当たり前じゃない。それ以外にどこがあるっていうの」

「それを証明できる人は？」

不機嫌そうな沈黙の後、好美がかぶりを振る。

「いるわけないでしょう。私一人だったんだから」

好美はそれが命綱であるかのように、ネックレスを握っている。

「残念。それならあなたは疑わしいままね」

なにかいいたげに頬を痙攣させた好美だったが、結局その唇を開くことはなかった。

5

「河北さん」

居間のほうからやけにあらたまった調子の澤山老人の声がしたのは、いつものように小百合が台所で夕飯の支度をしているときだった。

小百合は包丁を動かす手を止め、背後を振り返る。

「はい」

「ちょっと来てくれないか」

台所からは、お気に入りの座椅子から覗く澤山老人の後頭部だけが見える。地肌の透けて見える白髪頭。表情はうかがえない。けれどやけに緊張している雰囲気だけは伝わってきた。思えば、今日は最初から変だった。なんとなく態度がよそよそしいような気がしていたのだ。なにか気に障ることでもしたのかと心配になった。

「わかりました。これが終わるまでちょっと待ってね」

そういってふたたび包丁を動かそうとしたが、「いや」と澤山老人はいった。

「いま来てくれ。いますぐだ」

「なに？」

これからなにが起こるのだろう。少し不安になる。

小百合の不安を察したように、澤山老人の口調がやわらかくなった。

「いいから。来てくれないか」

「……わかりました」

包丁を置き、手を洗ってから居間に向かった。

澤山老人は腕組みをし、目を閉じていた。眉間に深い皺を刻んだ顔は怒っているようにも見えるが、そうでないことはこれまで三か月の付き合いでわかっている。

「座ってくれ」

澤山老人に促されるままに、小百合は畳に両膝をついた。

「なんですか」

答えはない。しばらく重苦しい沈黙が続く。

澤山老人は目を閉じたまま、眉間の皺を深くしたり、浅くしたり、唾を飲み込んだのか喉仏を上下させたりしていた。胸に抱えた想いを口にするべきかどうか、葛藤(かっとう)しているように見えた。

「なによ、もう。早くいってくれないと怖い——」

「私の娘にならないか」

絶句した。

澤山老人が取り繕うような口調になる。

「変な意味ではないぞ。養子縁組と引き換えになにかを要求するつもりはない。河北さんには本当にお世話になっている。そのお礼がしたいだけだ」

「なにをいってるの。私は仕事で――」

「けれど、仕事以外でも訪ねてきて、いろいろと雑用をこなしてくれたり、気にかけてくれたりしているじゃないか。長いこと音信不通の実の娘なんかより、よほど娘らしい」

「だけど……」

「面倒な申し出だと思われたかもしれない。だけど、必要な書類を揃えて、養子縁組の届けを出すだけだ。それだけでいい。その後はこれまでとなんら変わらない生活を送ってくれてかまわない。戸籍上で父と娘の関係になったからって、なにか制約が生まれるわけじゃない。もちろん私自身、あんたの行動に口出しするつもりはない。まったく同じだ。これまでとまったく同じ。好きに過ごしてくれてかまわない。恋人を作ってもいいし、その男と結婚してもいい。なんなら、『とどろきケアサービス』を辞めて、うちに来なくなってもかまわない。そりゃ、河北さんが来なくなったら寂しいが――」

「ちょっと待ってちょっと待って」

慌てて話を遮った。

「いったん落ち着いて。そんなこと、いきなりいわれても気持ちの整理が……」

胸に手をあてる。心臓が早鐘を打っていた。

「昨日今日の思いつきじゃあないんだ。このところずっと考えていた。こんなによくしてもらって、どうにか恩返しする方法はないか……ってな」

「それが養子縁組なの」

「ああ。そうだ」澤山老人は頷いた。いつもより呼吸が荒くて心配になる。

「私がもっと若ければ、ほかにもなにかやりようがあったのかもしれない。だがもう私は年を取りすぎた。体力もないし、身体だって自由に動かない。もっとも、私が年を取ったからこそ、あんたと巡り会えたんだが……幸いなことに、私には少なくない蓄えがある。私の養子になってくれれば、あんたにも遺産の半分をあげられる。こんなやり方でしか感謝を示せないのは情けないが、どうか私の申し出に応じてくれはしないだろうか」

最後は懇願する口調だった。

「でも……」

「頼む」

あまりの圧力に、なにも言葉が出てこない。

しばらく躊躇（ためら）った後で、断り文句を口にしようとした。

「やっぱり――」

「遺産で息子と暮らせばいい」

言葉を失った。澤山老人が畳みかけてくる。

「河北さん。前にいったことがあるよな。自分の稼ぎでは息子に贅沢をさせてやれないだろうし、それどころか大学までやることもできないって。だから身を引いたんだよな。私はあのとき、幸福はお金じゃないんだから、そんなことで子供を手放す必要なんてなかったなんて偉そうなことをいったけど、本当はあんたの気持ちなんてわかるはずもないんだ。私は金に困ったことなんてないから。いまでもその気持ちに変わりはないよ。だって、私はそれなりに裕福だけど、幸福とはいえなかった。一人娘に嫌われてしまったし、いまではほぼ絶縁状態だ。お金があっても幸福になれるとは思わない。だけど、もしもだよ、もしもお金で買える幸福があるとするならば、私は河北さんにそれを買ってあげたい」

「でも、娘さんが……」

「いまの私にとってはあんたのほうが娘みたいなものだ。いや、娘といっては失礼だな。年齢的には孫か。私はね、この数か月、あんたと過ごしてみて実感した。家族っ

ての は血のつながりではない。目を合わせ、言葉を交わし、食卓を囲み、笑い合い、それらの積み重ねが、人と人とを家族にしていくんだ。娘のことなら大丈夫。あいつへの遺産は半分になるが、半分になってもじゅうぶんな額の貯えはある。だから後生だ。頼む」

澤山老人が畳に両手をつき、土下座しようとする。だが足腰が弱っているせいで、ぐらりとバランスを崩した。

小百合は慌てて澤山老人の肩を支える。

「やめてください。そんなことしないでください」

「ここで引き下がるわけにはいかない。河北さんに承諾してもらうまでは――」

しばらく押し問答が続いた後で、小百合が発した言葉に澤山老人が動きを止めた。

「わかりました」

いま聞いた言葉の意味を反芻するような時間があって、澤山老人の顔にじわじわと笑みが広がっていく。

「本当にかい？　本当に、私の養子になってくれるのかい」

「ええ。両親も亡くなっていて、私もいまは身寄りもない孤独な人間だし、こんなかたちで家族が増えるのもいいのかもしれない」

「ありがとう」

「ただし、一つだけ約束してください」

小百合は膝を揃えて座り直し、潤んだ瞳で澤山老人を見つめた。

「澤山さん。長生きしてください。私は遺産なんて欲しくありません。遺産をいただくようなことには、なって欲しくないんです」

澤山がこみ上げる感情を呑み込むように、喉仏を上下させる。

「わかった」

小百合も気持ちが溢れ出さないように笑顔をこしらえ、立ち上がる。

「夕飯の支度に戻りますね」

「ああ」

その後はいつも通りに食事を作り、澤山が食べ終えるのを見届けた。

最後に養子縁組に必要な書類を用意してくれと伝えられ、澤山邸を辞去した。

自転車を漕いで一〇〇メートルほど進み、角を曲がって澤山邸が見えなくなったところで自転車を降りる。右手でハンドルを握ってのろのろと自転車を押しながら、たすき掛けにしたポシェットから携帯電話を取り出した。小百合が普段使っているスマートフォンとは異なるものだ。

通話履歴には同じ番号が並んでいる。

その番号に発信した。

数度の呼び出し音の後、男の声が応じた。

「もしもし」

「あ。もしもし。河北です」

「おう。お疲れ。首尾はどうだ」

「養子縁組の申し出を受けました」

「本当か」男の声に喜色が滲(にじ)んだ。

「はい」

「そうかそうか。よくやった。な？　おれがいった通りにやれば大丈夫だったろう。孤独な年寄りなんてのはやさしくされたらイチコロなんだ」

得意げな男の声を聞きながら、小百合は胸の内側に黒い霧が広がっていくのを感じた。

6

「あなたは自分に年の離れた妹ができていたことを知らなかったのよね」

絵麻の発言に、好美は露骨な『嫌悪』を浮かべた。

「妹じゃない。私には姉も妹もいない。私は一人っ子」

「だから、遺産を独り占めできるはずだった。父親とはほぼ絶縁していたし、父親が倒れてからもほとんど看病しなかったけど」

「それってなにかの罪に問われるの」

完全に開き直ることに決めたようだ。

好美が胸を張り、顎を突き出すようにして対決姿勢を顕わにする。

「いいえ。法律的には問題ない」

「ならいいじゃない」

「法律を盾にするのなら、あなたにも妹がいたことを認めないといけないわよね。法、律的には養子縁組がなされたのは事実なのだから」

好美の顔が一瞬だけ歪む。

「そのかわいい妹さんとあなたが記念すべき対面をはたしたのは、あなたの東京滞在三日目。区役所に養子離縁届が提出される前日のことよね」

「ええ」

「場所はお父さまが入院中の病院」

「そうよ」

「河北さんがあなたと初めて会った翌日に養子縁組が解消されたというのは、あまりにタイミングがよすぎる」

「だから何度もいってるけど、養子縁組のことは知らなかったの。自己紹介されたときにも、あの女は自分のことをホームヘルパーとだけ名乗っていた。養子のことは一言も触れなかった」

「対面したのは病室だったの？」

ふてくされたようにそっぽを向いていた好美が、おざなりに頷く。

「集中治療室の前の廊下」

「そのときの様子を話してちょうだい」

「私が集中治療室から出て帰ろうとしたら、あの女がやってきた。誰かが部屋にいたことに驚いていたみたい。うちの父、家族だけじゃなくみんなから嫌われていたみたいだったから、自分のほかに見舞い客がいるなんて予想もしていなかったんでしょうね」

好美は蔑むような笑みを浮かべた。

7

小百合は驚いた。

集中治療室から、おかっぱ頭の太った女が出てきたのだ。

そこに人がいるとは予想もしていなかった。気難しく人を寄せ付けない性格だったせいだろう。これまで毎日見舞いに訪れても、誰かと出くわしたことはなかった。

だが、すぐに思い至る。一人娘には連絡が行っているはずだ。

「もしかして、澤山さんの……」

そういうあなたは誰なの、という感じの怪訝そうな上目遣いを向けられたので、小百合は自分の胸に手をあてた。

「私は『とどろきケアサービス』の河北といいます。ホームヘルパーとして澤山さんの身の回りのお世話をさせていただいていました」

女は納得したような顔をした。だが、自己紹介をする気はないようだ。

「澤山さんのお嬢さん……好美さん、ですか」

「そうだけど」

やっぱり。小百合は胸がいっぱいになった。

感情が爆発しそうなのを、懸命に堪える。だが、ほんのりと視界が滲んでしまった。

そんな小百合を、好美は気味悪そうに見ている。

「すみません。いろいろとうかがっていたものですから、つい……」

好美が不愉快そうに鼻に皺を寄せ、笑った。

「私のことをさぞ悪くいっていたんでしょうね」

「そんなことありません。澤山さん、好美さんと疎遠になってしまったことを後悔していらっしゃいました。ずっと気にかけてらしたんです」

「どうだか。まわりに誰もいなくなって、自分の身体も弱ってきたものだから、心細くなっただけでしょう。改心したわけじゃない」

言葉の端々から発せられる憎悪の深さに圧倒される。

話には聞いていたものの、溝は思っていた以上に深そうだ。

「でもよかったです。こうして駆けつけてくださって」

そうだ。なんだかんだいっても、危篤状態に陥った父の身を案じている。憎しみは愛情の裏返しなのかもしれない。

「まあ……腐っても父親だしね」

好美は唇を歪めた。

「お宅のところのヘルパーが発見してくれたんでしょう。どうもありがとう」

「いえ」

小百合は顔の前で手を振った。

「もう少し発見が遅かったらそのまま死んでいただろうって、お医者さまがいってたわ。もっとも、いまでもじゅうぶんに危険な状態には違いないんだけど」

好美が冗談っぽく肩をすくめる。

「実は私、澤山さんにすごく申し訳なかったと思ってるんです」

小百合の告白に、ん？　という感じの眉をひそめる表情が返ってきた。

「澤山さん、階段から転落して頭を打ったという話でしたよね」

「ええ。そうみたいだけど。発見された場所が階段の下だったから、おそらくそうだろうって」

「歩行が不安定で危ないので、澤山さんには二階には行かないようにお願いしていたんです。どうしても二階に行く必要があるなら、誰か人がいるときか、もしくはなにか物を取ってくるだけなら代わりに私が行くので申しつけてくださいって、そういってたのに……」

「そうだったの」

好美が目を丸くする。それまでの冷淡な態度が嘘のような驚き方に、小百合はやや面食らった。

「はい。澤山さん、承諾してくださいました。二階になにかを取りに行く必要があれば、私にお願いしてくれるって。でも、たぶんその必要はないだろうともおっしゃってました。二階には娘の荷物しか置いていないからって。ここからは私の想像なんですが、澤山さん、もしかしたらときどき二階に上がって好美さんの思い出に浸っていたんじゃないでしょうか。私には好美さんと仲違いしているって話していたから、二階から荷物を持ってきてくれって頼めなかったと思うんです。だから、誰もいないときに、一人で二階に上がっていた。そうしたら、足を踏み外して階段から転落しちゃったんじゃないかと」

好美は愕然として言葉も出ないといった雰囲気だ。

小百合は深々と頭を下げた。

「すみませんでした。二階にはぜったいに上がらないよう、私がもっときつくいっておくべきだったし、好美さんへの複雑な感情には気づいていたのだから、澤山さんの行動も予測しておくべきでした。私の不注意です」

最後のほうは涙声になってしまい、いい終えると両手で顔を覆った。

「大丈夫。あなたが悪いんじゃない。気にしないで」

台詞（せりふ）の内容とは裏腹な、感情のこもっていない棒読み口調だった。秘められた父の思いを知って衝撃を受けたのだろう。好美は足早に立ち去った。

病室で昏々（こんこん）と眠り続ける澤山老人の顔を眺めながら、小百合の中で一つの決意が固まった。

8

「よくわかったわ」

話を聞き終えると、絵麻はデスクに両肘をついて『尖塔のポーズ』をとった。

好美が取り繕うような口調になる。

「考えてみればあの女もおかしいわよね。ホームヘルパーだからって普通、あそこまで肩入れするものかしら。だって、いろいろ世話を焼いているといっても、うちの父はただの客なのに。ほかにも仕事で訪問している相手はいたはずなのに、どうしてうちの父のところにだけ、仕事以外の時間でも訪ねてきたりしているわけ？　こういうことをいいたくはないけれど、もしかしたら、最初からお金目当てに取り入ろうとしてたんじゃないのかしら。父の死の直前に養子縁組が解消されたことも不可解だけど、それ以前に、養子縁組自体に裏があったんじゃないの」

「そうよ」絵麻にあっさり肯定され、数秒、好美は時間が停止したように固まる。

「いま、なんて……？」

「だからあなたのいった通り。被害者の河北小百合さんは、他人の戸籍を乗っ取る、いわゆる背乗りグループの一味だった。背乗りのターゲットに適した、資産を持っていて孤独な老人とつながるには、生活に深く入り込むホームヘルパーという職業がうってつけだったというわけ。生活支援でいろんな老人宅を訪問しながら標的を物色していたところ、あなたのお父さんに出会った。五億もの資産を有していて、なおかつ唯一の肉親である娘とは絶縁状態。背乗りにはまさしくうってつけの条件を揃えた相手だった。だから、プライベートでも甲斐甲斐しく世話を焼いて澤山さんに取り入り、自らの不幸な身の上話で同情を買って、澤山さんのほうから養子縁組を申し出るよう仕向けた。その後は遺言書を作成させ、実の娘――つまりあなたを排除する手筈だったようね。けれど、そうなる前に、澤山さんは亡くなってしまった。あなたのいった通り。養子縁組には裏があった」

好美はぽかんと口を半開きにしている。

「当初こそ背乗りが目的で澤山さんに近づいた河北さんだったけど、次第に本当に澤山さんとの絆を感じるようになったんでしょうね。そして、あなたと対面したときの会話で、澤山さんにはまだ娘を思う気持ちが残っている、自分を養子にしたのは愛情の裏返しだと確信した。本来ならば澤山さんが実の子のために遺すお金を奪うわけにはいかない。だから、仲間には内緒で養子離縁届を提出し、養子縁組を解消した。その後すぐに澤山さんが亡くなり、その事実を一味に知られるところとなった。最初は捜査も難航したわよ。彼女の人間関係をあたってみても、なんのトラブルの種も見当たらなかったから。どうやら背乗り一味は彼女との連絡のために、架空名義の、いわゆる飛ばし携帯を支給してたみたいなの。だから、彼女のスマートフォンを解析しても、まったく不審なところがなかった。ところが養子縁組を解消した後、彼女は自分にもしものことがあったときにも仲間を告発できるように、飛ばし携帯をある場所に隠した。うちの捜査員がその携帯電話を発見したから、背乗りグループを一網打尽にできたのだけど。いまほかの取調室では、連中の取り調べが行われている。彼女の遺体に激しい暴行を受けた痕跡があったのは、飛ばし携帯の隠し場所を吐かせようと拷問されたからみたいね。でも彼女は、飛ばし携帯の隠し場所をけっして口にしなかった。そして殺された」

唐突に明かされた衝撃の事実に混乱したような沈黙があった。

そして好美に表れたのは、『喜び』の微細表情だった。

「なにそれ……なによ。養子離縁届を提出したのが私じゃないことも、河北って女を殺した犯人も、最初からわかってたんじゃない」

「ええ。わかってた」

しばらく呆気にとられた後で、好美に激しい『怒り』が表れる。

「なにそれ！　じゃあ、なんで私はここにいるわけ？」

疑いが晴れたことで強気になれたようだ。それまでわずかに傾いでこの場から逃げ出したいという心理を表していた好美の身体が、まっすぐに絵麻に正対する。

「ふざけないでよ！　私だって暇じゃないの！　殺人事件の捜査に協力して欲しいっていうから、少しでも役に立てればと思って、忙しい合間を縫ってわざわざやってきたんじゃない！　それなのに、犯人が最初からわかってた？　どういうつもりなの！」

「河北小百合殺害の犯人はすでに捕まっていた」

「だから、それならなんで私を――」

「澤山松五郎さん殺害犯を逮捕するため」

危機に瀕したときの動物の行動第一段階――硬直（フリーズ）。

さらに瞳孔が収縮し、小鼻が膨らんでいる。両方とも危機感を覚えたときの本能的反射だ。

「あなた、澤山松五郎さん――あなたのお父さんを殺したわね」

「なにをいってるの。意味がわからないんだけど」

話を理解できないふりで話題を逸らそうとする。

第二段階――逃走（フライト）。

「意味はわかってるはずよ。あなたは実の父親を殺したの？」

「だからなにをいってるの！　いいがかりをつけるのはやめて！　あなた、自分がなにをいってるかわかってるの？　訴えられてもおかしくないようなことをいってるのよ！」

最終段階――戦闘（ファイト）。

これほどの危機感を抱いているということは、やはり父親殺しを実行したと考えて間違いなさそうだ。

「さっき、あなたの話の中で、河北さんが澤山さんの死因を不審に思っていたといっていたわよね。警察としても同じように疑ってたってわけ。もっとも、最初から疑ってたわけではないけれど。病院関係者からの告発があったの。澤山さんの死後、医師は警察に通報して司法解剖しようとしていたけれど、あなたが父の遺体を切り刻まれたくないと泣き叫び、なかば強引に手配して遺体を火葬してしまった……って。なんでも担当医は、澤山さんの外傷の位置がおかしいと感じていたようね。階段から転落したのに、打撲痕は後頭部に見られた。しかも外傷はそこだけで、転落した際に負うはずの手足の擦過傷や骨折がない。澤山さんが発見されたとき、玄関には鍵がかかっていたし、荒らされたりなにかを盗られたりした形跡もなかったから、階段からの転落ということにされた。けれど、あなたなら犯行が可能だし、その動機もある」

「おかしいでしょう」好美は顔を真っ赤にした。

「そもそも私は、父が入院したという連絡をもらってから上京したのよ。アリバイ……っていうのかしら。東京にはいなかったんだから、なにかしようと思ってもできないじゃないの」

「東京にはいた」

「いなかったわよ！」

「いた。自覚はないかも知れないけど、あなた、嘘つくときにネックレスを触る癖があるの」

「そんなの……」

否定しようとしたが、自信がなくなったようだ。

「とにかくいなかったってば！　新幹線の領収書もあるっていったわよね！」

「そんなものがあっても、新幹線に乗車したのがあなたである証明にはならない」

「じゃあ誰が乗ってたっていうの」

「そこが問題だったの」絵麻は人差し指を立てた。

「あなた名義で購入した切符を使い、名古屋から東京まで新幹線に乗車させる。アリバイの偽装工作としては単純きわまりないけれど、実行するには協力者が必要になる。でも、他人の名義で新幹線に乗ってくれなんて頼み、普通の人間なら怪しくて引き受けないわよね。五億円の遺産を当て込んで金に物をいわせる方法もありえるけど、でも金だけで動く人間のことは、あなたのほうが信じられない。だから協力者はあなたの犯行計画を知った上でもなお協力し、リスクを共有してくれるような、信頼の置ける相手でないと。心理的距離の近い、それこそ家族ぐらい信頼の置ける存在」

「家族は名古屋から出ていないわよ」

「知ってる。だから、これまでの会話の中で、あなたが誰に頼んだのか探ってたの」

好美がぐっ、と言葉を喉に詰まらせる。

「家族以外にあなたが信頼できる存在。いや、むしろいまのあなたにとっては家族以上の存在がいるのよね」

「意味がわからない」

「ぜんぶいわせる気?」

確認してみたが返事はない。絵麻は続けた。

「あなたは父親を激しく嫌悪していた。その原因が心理学用語でいう『投影』だというのは、さっき話したわよね。あなたはお父さんに似ているの。自分の気にしている欠点をお父さんに見つけてしまうから、自分の嫌な部分を指摘されている、現実を突きつけられているような気がして、どうしても反発してしまう。おそらく年齢を重ねるごとにその傾向は顕著になっていたはず。父親が嫌いで嫌いでしょうがない。けれども気づけば、自分も父親と同じ行動をとってしまう。そのことに気づいて、余計に父親のことを遠ざけようとする。悪循環よね。どんなに嫌っていても、遠ざけようとしても、お父さんはあなたの中に存在しているんだから。抗(あらが)いようのない業みたいなものかしら。あなたはあなたのお父さんと同じように思い込みが激しく、お父さんと同じように独善的で、お父さんと同じように自己憐憫の感情が非常に強く、そして、お父さんと同じように、職場の部下と不倫してしまう」

驚きのあまり、好美が自分の口を手で覆う。

東京に滞在する間、実家に泊まっていたのかという質問に肯定で答える好美は、ネックレスを触っていた。つまり嘘。実家には泊まっていなかった。若い男を連れ込むのに近所の目を気にしたのか、バカンス気分で浮かれていたのか、二人でホテルにでも滞在していたのだろう。

もはや好美の答えを待つまでもない。

だが、往生際悪く抵抗を続けるつもりのようだ。

「なにをいってるんだか……嘘ばっかり！　そこまでして私を犯人にしたいの！」

「とぼけるつもりならそれでもかまわないけど、あなたじゃなくて、あなたの大脳辺縁系に訊くから……とはいっても、この人数じゃたいした手間にならないだろうけど」

絵麻は捜査資料を一枚めくった。そこには人名と住所が列記されている。好美の経営する会社の社員名簿だった。とはいえ、好美を含めても総数六名の小所帯だ。しかもそのうち三名は女性なので、不倫相手の候補は三名に絞られる。

　絵麻は名簿を指差しながら、名前を読み上げた。

「阿部康浩。伊藤利彦。早稲田正一」

　もうわかった。絵麻がその名前を口にした瞬間、顔を背けるマイクロジェスチャーを見せた。

「あなたの不倫相手は、伊藤利彦」

「違う。ぜんぜん違う」

　かぶりを振る直前に頷きのマイクロジェスチャーを見せていては、説得力もない。

「別にあなたが認めようと認めまいと関係ない。伊藤さんご本人に話をうかがうから」

　眉間に皺を寄せ、奥歯を嚙み締めた激しい『怒り』の表情。

「上京したあなたは、澤山さんを背後から殴打した。亡くなったのをきちんと確認しなかったのは失敗だったわね。澤山さんは翌朝訪ねてきたホームヘルパーに発見された。現場家屋は施錠されており、荒らされたり争った形跡もなく、澤山さんが倒れていた場所から考えて、階段から転落したものとして通報され、救急搬送される。そして、病院からの連絡を受けたあなたは、不倫相手の伊藤利彦を新幹線で上京させ、アリバイを作った。その後はどこかのホテルにしけ込みながら、毎日病院を訪ねては、父親が死ぬのをいまかいまかと待った」

好美が顔を左右に振りながらゆらゆらと立ち上がる。

が、バランスを崩して転倒し、尻餅をついてしまう。

「まだ否認を続けるなら付き合うわよ。ただ、あなたの若いツバメくんのほうはどれだけ粘れるかしらね」

絵麻の不敵な笑みに、好美は座ったままバタバタと後ずさった。見た目通り、この場から立ち去りたいという心理を表す行動だ。

だが、逃げ場はない。

後ろの壁に背中をぶつけ、止まる。

「民法八九一条は相続人の欠格事由を定めたものだけど、その第一項にはこう書いてあるわ。故意に被相続人又は相続について先順位若しくは同順位にある者を死亡するに至らせ、又は至らせようとしたために、刑に処せられた者。これであなたが相続できる遺産はゼロ。ご愁傷さま」

絵麻の宣告を聞いて、好美は人形のようにがくりと頭(こうべ)を垂れた。

9

「お疲れさまでーす」

西野がなに食わぬ顔で差し出してくるジョッキを避け、絵麻はいった。

「っていうか、なんであんたがいるの」

「事件解決を祝う祝勝会です。僕がいなきゃ話にならないじゃないですか」

「おれが呼んだ」

筒井がにやりと笑う。

「なんで余計なことを」

「酷い、楯岡さん。余計なことってなんですか」

叩く真似で抗議する西野に、綿貫がジョッキに口をつけたままいう。

「馬鹿野郎。楯岡さんはおまえのことを心配してくれてるんだろうが。あんまりほったらかしにしてると、琴莉ちゃんに捨てられるのが早まるぞ」

「いやいや。だからなんで僕が捨てられる前提なんですかってば」

「おまえ、西野の分際で恋人を捨てる側にまわれると思ってんのか」

筒井も愉快そうに茶化した。

ニューしんばしビル地下にある居酒屋は、筒井の行きつけだった。珍しく筒井から飲みに誘われたのでやってきてみたら、西野と綿貫もいたのだった。

「おまえ、あんないい子捕まえたくせに、こんなふうに飲み歩いてたら冗談抜きに愛想尽かされて捨てられるぞ」

綿貫がお新香を箸(はし)でつまむ。

「それは大丈夫です。付き合ったからといって、お互いのライフスタイルを変えないようにしたいねという話はしています」

頷く西野に、筒井が鼻を鳴らした。

「そりゃ大丈夫じゃないだろ。恋人ができるまでのおまえのライフスタイルなんて、仕事以外はほぼキャバクラじゃないか」

「そうだよ。おまえまさか……」

綿貫に疑わしげな視線を向けられ、西野が激しく手を振って潔白を主張する。

「行ってないです。坂口と付き合ってからは、一度も」

「楯岡。どうだ」

筒井が絵麻を見た。

「嘘——」

「嘘じゃないですって！」

西野の悲痛な叫びが響く。

「ではないみたいです」

絵麻がそういった瞬間、西野が椅子から崩れ落ちそうになった。

「もう勘弁してくださいよ」

「なにをそんなにビビってるんだ。キャバクラを封印したんならそんなにびくびくする必要もないだろう」

筒井はあきれ顔だ。

「まあ。そうなんですけど」

「っていうか、おまえ本当に大丈夫なのかよ。お互いのライフスタイルを尊重するのはけっこうだが、おれらは普通の仕事とは違うし、向こうだって看護師だから不規則勤務だろ」

綿貫は本気で心配しているようだ。

「ええ。ですけど今日は夜勤らしいから」

「本当に夜勤なのかねえ」

筒井が含み笑いを浮かべる。

「たしかに。夜勤を口実にして、矢内好美みたいに男としけ込んでたりして」

ひっひっひっ、と綿貫が芝居がかった笑い方をした。

「そんなことはぜったいにありません！　僕は坂口を信じてます！」

力強く宣言した後、急に頼りなく眉を下げた西野の顔がこちらを向く。

「楯岡さん。坂口が夜勤といってる日に本当に夜勤に行ってるのか、こんど坂口と会ってたしかめてみてもらえませんか」

「なんで私がそんなこと」

絵麻は鼻に皺を寄せた。

「一回でいいんです。一回だけ。それでなだめ行動が出てなければ安心できるじゃないですか」

「ぜんぜん琴莉ちゃんのこと信用できてないじゃない。だいたいあんたは安心できないぐらいのほうがいいのよ。安心したらキャバクラ行っちゃうから」

「人を依存症みたいにいわないでくださいよ」

「あれは依存症だったろ」

「間違いありません」

筒井と綿貫が頷き合った。

矢内好美の不倫相手とみられる伊藤利彦に任意で話を聞いたところ、あっさりとアリバイ工作に加担したことを認めた。好美の浪費がたたって好美の会社どころか、好美の夫の会社まで経営が傾いており、早急に金が必要な状況だったようだ。

伊藤利彦が自供したことにより、ようやく好美のほうも観念したらしく、凶器がノートパソコンであることを白状した。

当初、好美は父にたいして資金援助をお願いしようと考えていたらしい。だが、久しぶりに現れた娘にたいし、父は喜びを素直に表現することができなかったようだ。資金繰りが厳しいとやんわり窮状を伝えてみたものの、冷淡な態度だったので頭にきた。だから、なかば衝動的にノートパソコンで背後から殴りつけた。父が動かなくなったので焦ったが、これで五億円を相続できるとも思った。階段から転落したように見える位置まで父の身体を移動させ、施錠して自宅を出た。病院から父が入院したという報せが来るまで待ち、アリバイ工作のために不倫相手に上京するよう伝えた。好美はそう語った。

「それにしても、河北さんはかわいそうでしたね」

西野が物憂げな表情でビール臭い息を吐く。

「でもまあ、自業自得っちゃ自業自得の部分もあるしな」

筒井は鼻に皺を寄せて渋い顔だ。

「西野のいいたいこともわかりますよ。彼女のやったことといえばホームヘルパーとして普通に働き、澤山松五郎と心を通わせただけですからね。養子縁組には打算があったにしても、それだって仲間に内緒で離縁したわけで、そうやって澤山松五郎の財産を守ろうとした結果、リンチされて殺されちゃったわけだし」

綿貫がお通しの小皿を箸でつつきながら唇を曲げる。

「しかも彼女の行動は、矢内好美が本心では父親を慕っているという誤解に基づくものだったわけだしね。実際には澤山松五郎を手にかけた張本人だった。病院に顔を出していたのだって、無事かを確認していたのではなく、死ぬのを待っていた」

絵麻は頬杖をつき、ため息を吐いた。

背乗りグループを一網打尽にする証拠となった飛ばし携帯は、澤山邸の庭に埋まっていた。小百合は日ごろから澤山邸の庭いじりをしていたため、そこに隠すことを思いついたようだ。

「恐いな。金が絡むと、実の親子でもそんなになっちゃうものなのかな」

西野が悲しそうに眉尻を下げる。

「実の親子といっても、絶縁状態に近かったわけだしな」

筒井の意見に、絵麻も賛同した。

「そうよ。親子なんて、遺伝子の共通する他人に過ぎない。とくに子供が成人してからはね。だから、性格が合わないことだってある。親子なのに、じゃなくて、親子だからこじれるの」

「そうかあ」

親子仲のいい家庭で育った西野には、いまいちピンと来ないのだろう。国内で発生する殺人事件の半数以上は親族間によるものだし、そういう事例を数多く目の当たりにしてきたはずだが、自分の身に置き換えて考えるのは難しいようだ。

「ということは、美南ちゃんもいずれそうなる可能性があるってことですね」

綿貫が愉快そうに肩を揺する。美南というのは筒井の娘の名前だ。

だが筒井は怒るでもなく、憂鬱そうに息を吐いた。

「もうなりかけてるよ。ここ数年はまともに口も利いてない」

「本当ですか」

綿貫は少し気まずそうだ。

「娘さん。いくつですっけ」

西野の質問には、ピースサインが返ってくる。

「今年高二」

「ちょうど父親がいちばん汚く見える時期だ」

絵麻は自分の過去を思い出しながら笑った。

「大丈夫です、筒井さん。思春期特有の、一過性のものです。そのうち落ち着きます」

自分が話を振ったくせに、綿貫は慰める側にまわっている。

そこに「あ」と通りかかったのは、私服姿のシオリだった。

「こんばんは。皆さんお揃いで」

「シオリちゃんはどうしたの」

絵麻が質問すると、シオリは少し離れたテーブル席を示した。シオリと同世代ぐらいの若い女たちが楽しげに話している。

「同期と食事会です。おじさんが行くようなとこだけど、安くて美味しい店があるって聞いて」

「そうなの」

「はい。それでお手洗いに行こうかと思ったら、楯岡さんたちが見えたので」

シオリは瞳をキラキラさせながら四人の顔を見回す。

「ねえ、シオリちゃん。一つ質問があるんだけど」

西野が人差し指を立て、シオリが首をかしげる。

「なんですか」

「女の子って思春期はお父さんのことが汚く思えたり、嫌いになったり、しゃべらなくなったりするじゃない。シオリちゃんは、いくつぐらいまでそうだった？」

シオリは何度か瞬きをした。

「いまもですよ。どうしてですか」

筒井の顔色が変わった。

「筒井さん。飲みましょ。ね」

綿貫が筒井にビールを勧める。

だが、シオリの回答が相当ショックだったらしく、筒井は渡されたジョッキを手にしたまま、しばらく動かなかった。

第四話

きっと運命の人

1

今回は楯岡さんが出るまでもなかったのではないか。

記録係として、取り調べに立ち合ってみての感触だ。

被疑者の日比野達哉は、非常に素直に取り調べに応じていた。人見知りなのだろう。つねに伏し目がちで楯岡と目を合わせようとしないが、質問に答える口ぶりからは反省と後悔がうかがえたし、ときおり言葉に詰まって考え込む沈黙からは、誠実ささえ感じ取れた。

「そんなわけないでしょう」

楯岡はコーヒーの紙カップに口をつけながら、忌々しげに吐き捨てた。

「そうですよ。西野さん。相手は無差別殺人をたくらんだような人間です。下手すれば何人も殺されていたかもしれないんです」

シオリが唇をすぼめる。もともと人懐こいのか、それとも楯岡への憧れが強いのか。楯岡の姿を見つけると、彼女はいつの間にか会話の輪に加わるようになった。

それにしてもこの子、いつ仕事してんのかな。

西野はシオリの抗議を受け止めながら、場違いな疑問を思い浮かべていた。

本部庁舎十七階のカフェスペースだった。日比野達哉の初回の取り調べを終え、一息入れに来たのだ。

日比野達哉は銃刀法違反と傷害未遂の現行犯で逮捕された。週末の原宿の竹下通り（たけしたどお）に刃渡り十七センチの包丁を持って現れ、通行人を襲撃しようとしたのだ。犯行が未遂に終わったのは、たまたま居合わせた屈強な外国人男性に取り押さえられたためだった。外国人男性は近くのショップの客引きだった。竹下通りでは外国人による観光客を狙った強引な客引き行為がたびたび問題になるが、今回はその客引きがいなければ、人命が失われていた可能性が高い。

「もちろんわかってます。日比野が誠実なわけがない。犯行が未遂に終わらずに実行されていたら、何人の命が失われたか」

考えただけでぞっとする。

週末の竹下通りを埋め尽くすのは、ほとんどが十代二十代の若者で、しかも女性の割合が圧倒的だ。日比野はけっして大柄ではないし、体格も痩（や）せ型でほっそりしているが、それでも二十九歳の成人男性だ。包丁を振り回して暴れたら……。

「それに、傍観者効果も働くでしょうしね」

「傍観者効果?」

楯岡の言葉に、シオリが大きな目を瞬かせる。

「集団心理の一つ。ある事件にたいして、自分以外に傍観者がいた場合、人間は率先して行動を起こさない。集団が大きければ大きいほど、その傾向は強くなる」

「ああ」と口を半開きにするシオリには、心当たりがあるようだ。

「道端でうずくまっている人とか見ても、声をかけるのを躊躇っちゃうことありますね」

「そういうこと。近くに連れがいるかもしれないし、そうでなくとも、自分より頼りになるほかの誰かが声をかけるかもしれない。あるいはすでに誰かが声をかけていて、救急車を待っているのかもしれない。それか、ほかの通行人が無視して通り過ぎているから、実はたいしたことないのかもしれない。いろんな可能性を考えてしまい、即座に適切な行動に移ることができない」

「そう考えると、日比野を取り押さえてくれた外国人男性には感謝ですね」

西野が頷き、楯岡が肩をすくめる。

「だからって、強引な客引きや偽ブランドの販売が正当化されるわけじゃないけど」

「それにしても、そんな恐ろしいことをしようとした男が、取り調べでは誠実に見えるんですか。それって逆に恐い」

シオリが怯えたように自分を抱く。

「誠実……というのが正しい表現かはわからないけど、自分のやったことを心から悔いているようには思える。話を聞いてると、なんだかかわいそうになってきて」

「かわいそう？」

信じられないといった感じの、シオリの口ぶりだった。

西野は弁解口調になる。

「やったこと自体は許されるべきじゃないけどね。でも、かわいそうだと思ったのは事実だよ。実際苦労してると思う。親に頼らず奨学金で大学に通って、せっかく卒業して入った会社が超絶ブラック企業でさ、それでも頑張って働いてたんだけど身体も心も壊しちゃって仕事を辞めることになって、働きたい気持ちはあるんだけど、身体と心がついてこないから働けなくて、奨学金も返せなくて」

「私はその場にいたわけじゃないからなんともいえないけど、話を聞く限りではそんな人はたくさんいるし、無差別殺人する理由にはならないと思いますけど」

シオリは納得いかない様子で頬を膨らませた。

「もちろんそうだよ。どんな事情があれ、人を殺してもいい理由なんてない。けれど、楯岡さんの質問にたいして言葉を濁すこともはぐらかすこともないし、自分のやったことにきちんと向き合っているように思える」

「だからって良い人認定しちゃうのもどうかと思います」

「良い人とはいってない。なんとなく同情しちゃったといってるだけ」

「同じことじゃないですか」

「そうかなあ」

シオリの反論にたじたじになりながら、西野は楯岡を見た。

「楯岡さんはどう思いますか。僕には日比野が嘘をついているようには思えないんですけど」

「不幸な身の上については本当のことを話していると思う。未来のある若者たちへの嫉妬から、若者の集う原宿を選んだという話も本当」

ほらね。西野はシオリに胸を張ってみせる。

だが、続く楯岡の言葉で風向きが変わった。

「でも反省はしてないわね。あれはただのポーズ」

「え。そうなんですか？」

シオリの勝ち誇ったような視線を頬に感じる。

「日比野は一刻も早く取り調べを終えたいと思っている。そのために殊勝な態度で取り調べに応じているだけ」

日比野に同情した自分が情けなくなる。

シオリがなにかに気づいたような顔をした。

「そっか。しばらくは拘束されるかもしれないけど、その男って結局刃物を振り回そうとしただけで誰も傷つけることができてないし、あまり重い罪にはなりませんね」

「さすがに不起訴はないと思うけど、前科もないし、被害者という被害者も存在しないし、実刑判決が下ることはないんじゃないかしら」

「なるほど。だったらさっさと取り調べを終わらせて、処分を待ったほうがいい」

自分の発言を否定するように、西野がぶるぶると顔を横に振る。

「って、それ、危なくないですか」

「そうですよ。無差別殺人をしようとした人間が、野放しにされるってことじゃないですか」

シオリはもともと大きな目を限界まで見開いていた。

「でも、これから人を殺すかもしれないという理由で拘束するわけにはいかない」

楯岡がいった。

「そうですけど……」

西野は悔しさに顔を歪める。

それから、はっと顔を上げた。

「もしかしてそういうことですか。日比野は一刻も早く自由の身になって、今度こそ無差別殺人を成し遂げたい。だから、殊勝な態度で取り調べに臨んでいる」

西野の披露した推理に、シオリが両手で口を覆う。

楯岡はかぶりを振った。

「たぶん違う……いや、そういう考えを持っている可能性もないわけではないと思うけど。日比野に表れた『恐怖』の反応は、もっと切迫しているように感じた。これからなにかの犯罪に及ぶためというより、いま現在なにかを隠していて、そこに触れて欲しくないという反応。だから一刻も早く取り調べを終えたがった」

「今回の事件のほかにも、日比野はなにかやってるってことですか」

「おそらくはね」

「やだ。怖い」

シオリが震え上がる真似をする。

「やつはなにをやったんでしょう」

西野は訊いた。

「わからない。少なくとも、事実が明らかになれば、いまより重い罪が科されるってことでしょう。じゃなきゃ、あそこまで必死になって隠そうとしない」

楯岡がコーヒーを飲み干し、椅子を引いて立ち上がる。

「いろいろ考えるより、本人に訊いてみるのが一番よね。今日でサンプリングも終えたし、明日じっくり話を聞いてみましょう」

2

「おうい。西野」

琴莉に顔の前で手を振られ、西野は我に返った。

「ああ。ごめん」

「またなにか考えごと？」

「うん。ちょっとね」

「守秘義務があるだろうから、詳しくは聞かないけど」

「ごめん」

「いいよ、別に。私だって患者さんの個人情報は漏らせないし。西野の悩みを共有できないのは少し寂しいけど」

琴莉が梅サワーの梅を、つまらなそうにマドラーでつぶす。

西野は曖昧な笑みで応じた。

二人がいるのは、有楽町にある居酒屋だった。創作料理のメニューもなかなか充実しているが、ここを選んだ決め手はなんといってもアルコールメニューの価格の安さだ。琴莉は高級店よりも庶民的な店を好むので大丈夫だろうと思ってはいたが、やはりこの店も気に入ってくれた。

「最近疲れてるんじゃない」

琴莉が梅サワーのグラスに口をつける。そして、手を上げて店員を呼んだ。水を二つくださいと要求する。

琴莉がこちらに向き直るのを待って、西野は口を開いた。

「疲れるようなことはしてないけどな」

「そうね。前回してからけっこう間が空いてるしね」

なにをいわれているのか理解できずに、反応するまでに時間がかかった。

「ああ。そういうこと？」

「どういう反応だよ」

琴莉がパンチしてくる。

「ごめんごめん。このところちょっと忙しかったかもしれない」

「さっきは疲れるようなことしてないっていったくせに」

頬を膨らませて抗議されたので、話題を変えることにした。

「で、どうしたの。話って」

会いたいといってきたのは琴莉のほうだった。それならアパートまで行くといったのだが、琴莉のほうがたまには東京で飲みたいからと、有楽町まで出てきてくれたのだ。

「うん」

琴莉は少しだけ深刻な表情になった。あまり見ない表情だ。

——あんまりほったらかしにしてると、琴莉ちゃんに捨てられるのが早まるぞ。

——おまえ、西野の分際で恋人を捨てる側にまわれると思ってんのか。

筒井や綿貫にいわれた言葉が頭をもたげ、にわかに不安になってくる。

西野は無意識に背筋をのばしていた。琴莉の唇を見つめながら、ごくりと生唾を呑み込む。

琴莉は足もとに置いてあった荷物入れの籠からハンドバッグを取り出した。ハンドバッグの口を開けて中をごそごそと漁り、一枚の紙片を差し出してくる。

名刺のようだった。

「亜細亜文芸社『週刊話題』編集部、畑中尚芳」

記載された情報を読み上げ、首をひねる。

「『週刊話題』って、どこかで聞いたことあるな」

「雑誌だって」

「ああ。あれか。たまにコンビニで立ち読みするやつだ」

「どんな雑誌なの」

「ゴシップ誌だよ。芸能人の誰が付き合ったとか別れたとか、どこまで本当かわからないような記事が満載の」

西野がよく読むのは風俗レポートだとは、いわないでおく。

琴莉はふうん、と口をすぼめている。

「この『週刊話題』がどうしたの」

「別に。どうもしないよ。たいしたことないから気にしないで」

「途中まで話しておいてそれはないだろう」

少しむっとした。

それでも躊躇っている様子だった琴莉が、やがて口を開く。

「ちょっと取材されたの。それだけ」

「えーっ！」

大声を上げてしまい、自分の口を手で覆った。

「なに。そんなに驚くことじゃないでしょう」

琴莉が周囲を気にするような素振りを見せる。

「で、坂口はＯＫしたのか」

「なにを？」

「グラビアだろ？　水着だろ？　おれとしては彼女の身体を不特定多数の男に見られたくないという思いはあるけど、でも、それは坂口の選択だからさ。うん。悪くない。だって坂口、そこそこイケてるよ」

「馬鹿」二の腕をパンチされた。

「ちげーよ。なんでグラビアになるんだよ。しかも水着かよ。その上『そこそこ』ってなんだよ、『そこそこ』って」

「違うのか」

「違う」ぴしゃりと断言された。

「その名刺の畑中って記者が、病院の前で話しかけてきたの。日比野の次のターゲットはあなたになるかもしれませんって」

さらりといわれたので、最初は理解が追いつかなかった。

だがしばらくして、後頭部を殴られたような衝撃を受けた。

「日比野って三日前に原宿で逮捕された、あの日比野か」

「うん。そういってた」

「そいつはなんで、日比野の次のターゲットを知ってるんだ」

「さあね。でも、どこまで本当かわからないような記事ばっかりのゴシップ誌なんでしょう。そんなに気にする必要もないんじゃないの」

「そんなわけにはいかない」

つい熱がこもって、琴莉の腕をつかんでしまった。

「私に怒らないでよ」

「すまない。でも、放っておくわけにはいかない。信頼性の低い記事ばかりとはいっても、日比野が事件を起こしたわずか三日後に、日比野の事件を担当している刑事の交際相手を直撃するなんて、とても偶然とは思えない」

「本当にそうなんだ」

琴莉にいわれ、西野は自分の口を手で覆った。

「守秘義務があるだろうからあえて聞かなかったけど、自分でしゃべっちゃったね」

「面目ない」

「面目ないなんてリアルでいう人、初めて会った」

琴莉の笑顔はいつもと変わらない。

「っていうか、その人から聞いてたんだ。その――」

名刺を覗き込むような素振りをしたので、名前を読み上げた。

「畑中？」

「そう。その畑中。畑中がいってたの。あなたの恋人、原宿で無差別殺人しようとして捕まった日比野の事件を担当していますよねって。知らないって答えたけど、本当に知らなかったから。でも、そうなんですよって、あの黒縁眼鏡が」

「黒縁眼鏡って、この畑中のことか」

「そう。黒縁眼鏡でなで肩にサイズ大きめのジャケットを羽織ってて、色白でひ弱そうで、年は私たちと同じくらいかな。ちょっと文豪っぽかった」

文豪っぽさの定義はよくわからないが。

「そいつはほかになにをいってた？　そもそもなんで坂口のところに……」

「だから、わかんないってば。日勤を終えて帰ろうとしたら、玄関を出たところで話しかけられたの。最初は患者さんかと思ったんだけど、名刺を差し出して、坂口琴莉さんですかって訊いてくるの。名刺には出版社の名前が印刷されてたから、もしかして医療過誤とかの取材かなって身構えたんだけど、違った。あなたの付き合っている男性、警察官ですよね。警視庁捜査一課の刑事ですよね。三日前に原宿で発生した無差別殺人未遂事件、ご存じですかって、立て続けに質問された」

喉の渇きを覚えて、西野はおもむろにビールのジョッキに手をのばした。

琴莉もつられたように梅サワーのグラスに手をのばす。少しだけ口に含んでぺろりと唇を舐め、続ける。

「私がきょとんとしてたら、もしかしたらご存じないですか、未遂に終わったのであまり大きくは報じられませんでしたからね、彼氏さんは律儀に守秘義務をまっとうする真面目な刑事さんなんですね、とかいわれた。でも、私はそのニュースは知ってたの。入院患者さんはテレビが友達みたいなものだから、その相手をしてると自然とそういうのは耳に入ってくるし。きょとんとしてたのは、初対面の人にいきなりそういう話をされて混乱してたから。混乱するよね？　いきなりそんな話されたら」

「ああ。だよな」

琴莉は西野の賛同をえて安心したようだった。

「で、知ってますっていったの。そのニュースについて、患者さんと怖いねって話していたんです、って。そしたらね、あの黒縁眼鏡がいいやがったの。あの犯人はたぶん、ほどなく社会に戻ってきますよ、って。そのときに狙われるのはあなたかもしれないから、気をつけたほうがいいですよ、って」

「たしかに、日比野に実刑判決はないだろうって楯岡さんもいってた。竹下通りで包丁を振り回したのは事実だけど、ショップの客引きに取り押さえられて結果的に誰も傷つけてないからね。やつが社会に戻ったら危ないよなって話もしてたんだ。でもだからって、なんで坂口が狙われることになる」

いくらなんでも論理が飛躍しすぎている。

「それは……」琴莉がいいよどむ。「いいたくない」

「どうしてだよ。ここまで話しておいてそれはないだろう。どうやら畑中って記者には話を聞きに行く必要がありそうだ。あったことをすべて聞いておきたい」

西野は極力感情を排して、刑事の顔を意識した。

しばらく顔を歪めて内心で葛藤している様子だった琴莉が、しぶしぶといった感じで口を開く。

「私が西野と付き合ってるからだ……って」

「どういうことだよ！」

やっぱり感情的になってしまった。

「自由になった日比野は、警察への復讐を考えるはずだっていってた。でも、単純に警察官を殺したりすることはせずに、家族や恋人なんかの、警察官が大事にしているものを奪うに違いないって。そのほうが自分が傷つけられるより、よほど痛いしつらいからって」

「はあ？」

怒りで声が震えた。

「意味がわかんない。なんで復讐……？　なんなんだよ、そいつ。何さまだよ」

「大丈夫だよ。だって、嘘ばっか書いてるような雑誌なんでしょう」

琴莉はあえて平静を装っているようだった。彼女のほうがよほど恐怖を感じただろうに。こんなときに感情的になってしまう自分が情けない。

「そもそも、どうやって坂口のことを知ったんだ」

日比野の事件を担当している刑事の名前だけならともかく、その交際相手の身元を突き止めるなんて、やはり普通ではない。

「私も訊いたよ。どうして私の名前とか、職場までわかったのかって。でも、取材源の秘匿（ひとく）とかいわれて教えてくれなかった」

「なにが取材源の秘匿だ」

力ずくで吐かせてやる。

西野はテーブルの下で、ひそかにこぶしを握り締めた。

3

扉を開けて取調室に入るや被疑者に飛びかかろうとする西野を、楯岡絵麻は慌てて引き留めた。

「なにやってんの！　やめなさい！」

後ろから抱きつくようにして押さえたが、西野は止まらない。

西野は絵麻を引きずりながら、ついには日比野達哉の胸ぐらをつかんだ。

「きさま、坂口を狙ったら承知しないぞ！」

「こ、こここ……」

突然の事態によほど驚いたらしく、日比野は言葉も出てこないようだ。大きな『恐怖』と『驚き』を浮かべながら、猛り狂う西野を見上げている。

「やめなさいってば！」

「もし坂口に指一本でも触れようものなら、殺してやる！　おまえがどこに逃げようと隠れようと、必ず見つけ出して殺してやる！　いいな！　わかったな！」

「それ以上私情を持ち込むようなら、記録係を交代させる！」

ようやく西野の前に進もうとする力が弱まった。

それでも怒りは収まらないらしい。西野は両肩から湯気を立ちのぼらせんばかりの形相で仁王立ちし、日比野を睨んでいる。

日比野は真っ青になっていた。

「席について」

記録係の定位置を指差しても、動こうとしない。

「早く」

いい加減にしないと、本当に退室させるわよ。目顔でそう伝えて、ようやく従った。

「ごめんなさい」

絵麻は取り繕いの笑みを浮かべ、日比野の対面の椅子を引いた。

日比野は乱れたシャツの襟を直しながらかぶりを振る。

「いえ。私がしようとしていたことは、それぐらい大きな罪なのだと痛感しました」

『混乱』は本当だが、やはり『後悔』や『反省』は見えない。さっさと取り調べを終わらせたいがための、偽りの態度だ。

なにを隠そうとしている？

先ほどの西野にたいする態度で、一つわかったことがある。畑中なる記者がいっていたという、日比野が自由の身になったらまず琴莉を狙うという情報は出鱈目(でたらめ)ということだ。どうやって琴莉の身元を調べたのか、なぜ琴莉に出鱈目な情報を吹き込むのか、謎は多いが、畑中のことは筒井と綿貫に任せている。

いまはまず、目の前の取り調べに集中しよう。

「よく眠れた？」

「いいえ。いろんなことを考えてしまって、なかなか寝付けませんでした」

これは本当。

「いまになって罪悪感に押し潰されそうになった……ってところかしら」

「はい。きっとそうなんだと思います」

これは嘘。唇を内側に巻き込むなだめ行動を見せた。罪悪感なんて抱いていない。

「昨日聞いたことをおさらいさせてもらうわね」

「お願いします」

絵麻はデスクの上に捜査資料を開いた。

「ブラック企業を退職し、恋人にも振られ、心身のバランスを崩したきみのもとに残ったのは、未返済の奨学金の返済だけだった」

「そうです。だからといって、見ず知らずの誰かを傷つけていい理由になるはずもないのですが、社会を恨む気持ちがありました」

「いまはないの」

「ないといえば嘘になります。ですが、歪んでいるという自覚はあります」

反省は演技。だがいっている内容に明確な嘘はない。

「体調を崩したために正社員で働くのが難しくなったきみは、フリーターになった。それまでの生活レベルを保つことができなくなり、母親との折り合いが悪かったために実家にも帰れず、都内のマンションから千葉県郊外の安いアパートに越し、衣服や嗜好品などの購入も我慢するようになる。けれど生活はいっこうに上向く気配を見せない。きみは次第に鬱憤を募らせていく」

「その通りです」

「だから原宿での無差別殺人を計画した」

日比野が緊張したように唇を引き結ぶ。

「そうです。自分にはもう未来がない。底辺から這い上がる気力も体力も、能力もない。そう思ったら、可能性にあふれた若者たちが憎らしく見えてきました。逆恨みなのはわかっていても、どうしようもありませんでした」

「原宿を選んだのは、若者の街だから？　きみが住んでいる千葉県船橋市からはずいぶん遠いわよね」

「会社を辞めるまでは東京に住んでいたので、都内のほうが土地勘がありました。原宿を選んだのは、せっかくなので人が多い場所――それも、できるだけ楽しそうな人たちが集まる場所にしようと思っていたからです」

「多くの楽しそうな若者の顔を、恐怖と苦痛で歪ませてやりたかった？」

「はい。それと原宿なら人は多いけれど、女性の割合が高いイメージだったので、それほど腕力に自信のない自分でも止められることはないと思いました。卑劣だと思います」

「凶器の入手元は」

「インターネット通販サイトです。購入履歴が残ってもかまいませんでした。できるだけたくさんの若者を殺し、死刑になるつもりでしたから」

「いまはどう？　まだ死刑になりたい？」

日比野が一点を見つめる。

しばらくしてかぶりを振った。

「いいえ。少し頭が冷えました。雰囲気に呑まれるというか、流されるというか、数日前までの私は普通の心理状態ではなかったのだと思います」

その答えを聞いて、絵麻はひそかに長い息を吐いた。日比野の言葉に嘘がなかったからだ。自由の身になった後で琴莉を殺しに行くことは、おそらくない。

だが、そうそう早い時期に釈放されることもないだろう。

絵麻は攻勢に転じることにした。

「やっぱりちょっとおかしいのよね」

「なにがでしょう」

「きみは重大な秘密を隠している」

日比野が動きを止めた——硬直（フリーズ）。

「秘密、ですか」

「ええ。秘密。きみがさも反省し、殊勝な態度で取り調べに応じる演技をしているのは、一刻も早くこの場を立ち去りたいから。この場に留まって変に取り調べが長引くと、なにかしらボロが出てしまう恐れがあると考えている。だから素直に罪を認め、弁解も反論もせずに協力的な態度を装い、取り調べをやり過ごそうとしている。違う？」

「そのように見えてしまったのなら、僕の反省が足りなかったのだと――」

話を遮っていった。

「『はい』か『いいえ』で答えてくれるかな。ここは法廷じゃないんだからさ。反省してますアピールなんていらないの。欲しいのは真実だけ」

日比野に初めて『怒り』の微細表情が表れる。

絵麻は挑発するように髪をかき上げた。

「傷害未遂と銃刀法違反だもの。有罪になるとしても執行猶予つきだし、さっさと認めて自由になったほうがいいわよね。それ以上の罪が明らかになる前に」

「おっしゃっている意味が、理解できませんが」

日比野の視線があちこちに泳ぎ始める。

「嘘おっしゃい。私のいってることはわかってるわよね。なにをやったの」

「なにも」

かぶりを振る直前に表れる頷きのマイクロジェスチャー。

同時に顔が白くなり、瞳孔が収縮する。

「傷害未遂と銃刀法違反を素直に認めてでも追及して欲しくない罪ってことだから、少なくともそれ以上の罪ってことよね」

「こここ、これは、原宿の事件の取り調べではないんですか」

懸命に話題を逸らそうとする——逃走(フライト)。

「あらあら。これまで殊勝な態度だったのに、ついにフライトが出ちゃったわね」

「なんですか、それは」

「もしかして——」絵麻は『尖塔のポーズ』をとった。

「きみ、もう誰か殺してる？」

明確な『驚き』と『恐怖』——当たりだ。

「ごめんなさい。ちょっと意味がわからないです」

「わかってるでしょう」

「いい加減にしてくれませんか」

「きみはもうすでに誰かを殺していた」

「これは原宿の事件についての取り調べでしょう」

「取り調べで自己弁護や反論をしてしまえば、取調官である私と交わす言葉が多くなり、ボロが出る可能性も高くなる」

「原宿の事件だけについて――」

「だから素直に罪を認め、反省しているふりをした。過去の、まだ明らかになっていない殺人について触れられないよう――」

「質問するのは原宿の事件だけにしてくれ！　それ以外は答えない！」

日比野が初めて声を荒らげた――戦闘（ファイト）。

すぐに我に返った様子で、「すみません」と取り繕おうとするが、もう遅い。

「いいのよ。もう」

言葉で答えてくれなくても。

大脳辺縁系に訊くから――。

絵麻は勝利を確信しながら微笑んだ。

4

そのビルは飯田橋（いいだばし）駅から五分ほど歩いた目白通り沿いにあった。灰色のタイルがやや退色してきているが、『亜細亜文芸社』という縦長の看板が誇らしげだ。出版不況だなんだといわれても、都心のこんな一等地に自社ビルをかまえられるなんてたいしたものだと、筒井は素直に感心する。

玄関を入ったところに受付があり、受付嬢が訓練された笑顔を向けてくる。

筒井が警察手帳を提示し、来意を告げると、受付嬢の作り笑顔がやや強張（こわば）った。内線電話でしばらく通話した後、観葉植物の横に設置されたソファーで待つように指示された。

「すごいですね。出版社って初めてだ」

ソファーに腰を沈め、綿貫が興味深そうに周囲を見回す。

「社会科見学じゃないんだぞ」

西野の交際相手である坂口琴莉に、この会社が発行する雑誌の記者が接触したらしいのだ。偽の身分を騙（かた）っていた可能性も考えたが、電話で問い合わせたところ、『週刊話題』編集部には畑中尚芳という記者がたしかに在籍しているという。そこで取り調べで身動きの取れない楯岡と西野に代わり、筒井たちが話を聞くためにやってきたのだった。

「わかってますよ。大事な仕事です」

そういったそばから、ショーケースに展示された雑誌の表紙に若手人気女優を見つけ、「架純(かすみ)ちゃんもここに来たんですかね」などとはしゃいでいる。

「いい加減にしろ」

「筒井さん。この人、筒井さんが好きっていっていた女優さんじゃないですか。なんとかゆり子さん」

「なに？」

思わず立ち上がり、綿貫と肩を並べてショーケースを覗き込んでしまった。

「そうですよね」

「ああ。そうだ。しかもこれ、『週刊話題』最新号の表紙じゃないか」

筒井が若いころから大好きな同世代の女優が、『週刊話題』の表紙で慈母のような微笑を浮かべている。いくつになっても綺麗だな、ゆり子ちゃんは。

「この人も撮影とか打ち合わせでここに来たってことじゃないですか？」

綿貫がいう。

「そうなのか」

不覚にもテンションが上がってしまった。

「そうですよ。だってここから出た雑誌の表紙を飾ってるんですよ」

ここに、ゆり子ちゃんが……。

そう考えるとくたびれかけた建物の雰囲気が違って見えてくる。

ところが、背後から水を差す声があった。

「ここにはいらしてませんよ。打ち合わせは弊社で行いましたが、いらしたのはマネージャーさんだけでしたし、撮影は外部のスタジオを使用していますから」

短髪に黒縁眼鏡、なで肩にジャケットを引っかけたような、三十歳ぐらいの男が立っていた。

「あなたが……？」

はしゃいでいたところを見られた気恥ずかしさを封じ込めつつ、筒井は訊いた。

「『週刊話題』編集部の畑中と申します」

名刺を差し出してきた。今朝西野から見せられたのと同じものだ。

綿貫にも名刺を渡した後で、畑中はいった。

「あの表紙を撮影したときのオフショットやNGショットも保存していますが、ご覧になりますか」

お願いします、と口をつきそうになり、ぐっと堪える。

「いえ。今日は仕事でお邪魔していますから」

「そうですか。ではまたの機会にご覧に入れます。いつでもおっしゃってください」

目尻にくしゃっと皺を寄せる笑顔がやけに人懐こい印象だった。

畑中は筒井たちをエレベーターで三階に案内した。打ち合わせ用の会議室を押さえているのだという。

会議室は六畳ほどの広さだった。長方形のテーブルにキャスター付きの椅子が六脚セットされている。ブラインド越しに差し込む陽光が、テーブルの上にボーダー模様の日だまりを描いていた。

壁が白く、やけに明るい部屋だと筒井は思った。だが、いつもいる警察の建物が小汚くてくすんでいるだけかもしれない。

筒井と綿貫は奥のほうの席に、畑中はその対面に座った。

「お忙しいところすみません」

まずは儀礼的な挨拶から入る。

「いえ。かまいません。我々みたいなゴシップ誌は、普段は事件の取材をしようとしても警察からまともに相手にしてもらえることもありません。この機会に貸しを作っておくのも悪くない」

冗談なのだろうか。真意を図りかねて、綿貫と互いの顔を見合ってしまう。

当の畑中は例の人懐こい笑みを湛えている。

こいつ、なかなかの狸だな。

筒井は気を引き締めつつ、訊いた。

「昨日、坂口琴莉さんに接触しましたか」

「ええ」

あっさりと認めた。別人が畑中を騙っていた可能性は消えた。

「なんの目的でですか」

今度は綿貫が質問した。

「お答えする必要がありますか」

綿貫はむっとした様子で、救いを求めるように筒井を見る。

筒井は口を開いた。

「坂口琴莉さんに、日比野の次の標的になるのはあなたかもしれない、という話をされたそうですね」

「ええ」

「なぜですか」

「そう感じたからです」

「なぜそう感じたのですか」

「取材の過程でそう感じるような事実を知ったからです」

「どのような事実ですか」

「それは申し上げられません。私たちの仕事をご存じでしょう。警察だって同じはずだ。捜査上知りえた秘密を、ペラペラと他人にしゃべりますか」

人懐こい笑顔がだんだん憎たらしく見えてきた。

「おまえのやったことは脅迫だぞ。逮捕することだってできるんだ」

綿貫の耳が赤くなっている。

「脅迫？」

黒縁眼鏡のレンズの奥で、畑中の目が鋭く光った。

「刑事さん。本気でそんなことをおっしゃっているんですか」

「いや。違う」筒井は慌てて訂正した。

「違いませんよ」綿貫は憤慨している。

「馬鹿野郎。違うんだ」

畑中がふふっと蔑むように笑う。

「刑法上の脅迫の定義は、人の生命、財産、身体、名誉、自由にたいして害悪する告知を行うことです。私は坂口さんに忠告したに過ぎません。善意からの行動です。私が彼女になにかしらの害悪を行う予告をしたわけではありません。むしろ私に逮捕をちらつかせた綿貫慎吾巡査長の言動のほうが、脅迫の要件を満たしていると思いますがね」

「なんだと！」

「綿貫っ」

筒井はいきり立つ綿貫を諌めた。自分の懐からなにかを取り出すしぐさで伝えようとするが、綿貫には理解できないようだ。

畑中が鼻で笑った。

「筒井道大巡査部長は優秀な部下をお持ちのようですね」

そういって、懐からスティック型のボイスレコーダーを覗かせる。

綿貫があっ、という顔をした。

「相手が誰かよく考えて発言したほうがいい。私の書き方ひとつで、世論はいっせいに警察バッシングに動くんです……もちろん、誌面では私自身のこの発言はカットしますが」

くそっ、と綿貫が小声で悪態をつく。

「部下の非礼は詫びます。あらためて捜査にご協力いただけないでしょうか」

筒井に頭を下げられ、畑中は満足そうだ。脚を組み、椅子をくるりと回転させた。

「もちろんです。警察に協力するのは善良な市民としての義務です」

綿貫はいまにも歯ぎしりが聞こえてきそうな顔をしている。

「日比野は自由の身になったら、警察への復讐を考えるだろうと、坂口さんにおっしゃったそうですね」

「ええ」

「根拠を教えていただけますか」

「取材の結果からえた心証です」

「それはどのような結果ですか」

「申し上げられません」

「なぜですか」

「取材源の秘匿はジャーナリストの基本原則です。そうでなければ報道の自由は守られません」

「坂口さんの身元をどのように割り出したのですか」

「独自の情報ルートを駆使した、とだけ申し上げておきましょう」

「その独自の情報ルートとは」

「それ以上はご容赦ください。私もジャーナリストですので」

「おまえ、ジャーナリストジャーナリストって、なんでもそれで許されるとでも——」

「やめろ」

立ち上がろうとする綿貫の肩をつかみ、ぐっと押さえつけた。畑中はあえて挑発的な態度をとり、刑事の怒りが爆発するのを待っている。暴力的な行動や暴言は墓穴を掘るだけだ。

「なぜ日比野の事件を取材しようと思われたのですか」

「現代日本の問題点を象徴していると思ったからです。経済力がなければ学ぶことも許されない。苦学して就職しても、そこは社員の人権を無視するブラック企業。心身を病んでレールからはずれてしまえば、二度と浮上することはできない。彼がやろうとしたことはけっして正しいとはいえないが、彼を追い込んだのは紛れもなく社会です。ですからある意味では、彼は歪んだ社会の被害者であり、社会の歪みが生み出したモンスターであるともいえます。取材対象として非常に興味深いと思いました」

「事件発生の報せを聞いて、取材に着手されたんですよね」

畑中は温度のない目で筒井を見た。

「どういう意味でしょう」

「行動が早いと感じました。事件発生からまだ三日です。なのにあなたは、事件を担当している刑事の交際相手にまで辿り着いている。そして、将来的に日比野の標的になる可能性があるという、彼女を脅すような発言をしている。私たちにはいえないが、そう推測するに足る根拠を、わずか三日の取材でつかんだのでしょう」

「先ほども申し上げましたが、私に脅迫の意図はありません。善意から忠告しただけです。誰かがあなたを狙っている、危害を加えるかもしれないと教えてあげることが、脅迫になるのでしょうか」

「いいえ」

「それなら問題ありませんね」

「私たちの関心は、日比野の行動を予測した根拠です」

「それは申し上げられません」

「もしかして、日比野のことを以前からご存じだったんですか」

「まさか」

畑中は鼻で笑った。「私と彼のどこに接点があるとおっしゃるんですか」

その後も畑中は、筒井の質問をのらりくらりとかわし続けた。

「そろそろいいですか。私にも仕事がありますので」

悠々と立ち去る畑中を見送りながら、おれにもしぐさから嘘を見抜く能力があればよかったのにと、筒井は心から思った。

5

「さっき無差別殺人をたくらんだ動機を確認した際、私が、生活はいっこうに上向く気配を見せない、だから原宿での無差別殺人を計画した、といったら、肯定するまでのきみの応答潜時が長かった。生活がままならない状況は、無差別殺人に及ぶ直接の原因ではない。もっと直接的な理由があるの。そうなると標的への個人的な恨みなどが考えられるけど、今回の場合は無差別殺人なので標的は無作為抽出になり、個人的な関係はありえない。そうよね」

回答はない。だが、頷きのマイクロジェスチャーはあった。

「だったら動機としてもっとも可能性が高いのは、『もう一度』あるいは『より大きな』快感に浸りたいという欲求だと思うの。きみは以前に誰かを殺したことがある。

他人の生殺与奪の権利を握ることで、それまでの不遇を忘れられるほどの万能感を味わえた。法を逸脱する犯罪行為に及ぶことは、身震いするほどの背徳感をもたらした。あの感覚をもう一度味わいたい。もっと大きな快楽に溺れたい。そのためにはもっと多くの人間を殺す必要がある。それが、きみが無差別殺人に及ぼうとした動機。きみはすでに誰かを殺している。だから警察がその事実をつかむ前に、取り調べを終えようと思った。どのみち、いまの逮捕容疑では実刑にならない」

日比野が椅子の背もたれに身を預け、目を閉じて身体の前で手を組んだ。対話に応じるつもりはないということだろうが、言葉での対話はすでに必要ない。

「快楽殺人者は例外なく、自分の殺人にたいする世間の反応を気にする。だからおそらく、きみも最初の殺人の後は報道にくまなく目を通したはずよね」

左の頬がぴくりと痙攣する。絵麻の指摘の通りらしい。

「きみの殺人は、しっかり報道されていた？」

「なんのことをおっしゃっているのか」

日比野がかぶりを振る。なだめ行動やマイクロジェスチャーはない。

「曖昧な質問だったかもしれない。質問を変えるわ。きみの殺人は、ちゃんと遺体が発見されてるの？」

「質問を変えても同じですよ。なにをおっしゃりたいのかわかりません」

ふたたび顔を左右に振る反応があったが、今度は直前に頷きのマイクロジェスチャーが見られた。

遺体は発見されている。ということは未解決事件か。

あるいは。

「警察は殺人事件として扱っているの？」

顎をかすかに左右に動かす否定のマイクロジェスチャー。

「遺体が発見されているのに、殺人事件ではない変死として処理されたのか。目立ちたがり屋のきみにとっては不満の残る結果だったわね。もっと大々的に報じられると思っていたのに、きみの存在は無視された。姿の見えない殺人者の影に、市民を怯えさせることもできなかった。なるほど。だからこその無差別殺人だったわけか。白昼堂々たくさんの人間を殺せば、疑いようもない殺人事件として報じられるし、世間の耳目は犯人であるきみに集中する」

「勝手に話を進めないでもらえますか」

日比野が堪えきれなくなったようにまぶたを開いた。最初から黙秘を貫いているならともかく、取り調べに応じていたのに途中から急に口を閉ざすのは難しい。絵麻の

「事故死か、病死か」

　予想通りの反応だった。

「事件になっていないのなら、どういうかたちで処理されたの。事故死か、病死か」

「事故死」のところで目を伏せるマイクロジェスチャー。

「事故死……か」

『驚き』の微細表情。だが日比野自身はそれに気づかず、平静を装っているつもりのようだ。

「原宿で自分の犯した罪については反省していますし、訊かれたことにはなんでも答えるつもりですが、していないことはお話しできません」

　無視して質問を続けた。

「いつのことかしら。おそらく、それほど前でもないと思うんだけど」

「私の話を聞いていますか」

「一年以上前？」

「だから——」

「そんなわけないわよね。じゃあ、ここ半年以内？」

「お話しすることは——」

「半年以内。やっぱり。もうちょっと具体的に教えてくれるかしら」

大脳辺縁系との対話により、包囲網を少しずつ狭めていく。

「きみの前回の犯行は先月の十五日の午前四時ごろ。いまからおよそ一か月前ってことになるわね。現場は千葉県船橋市」

そこまで導き出すのに一時間もかからなかった。

呆然とする日比野に意地悪な笑いを向けながら、指示を出す。

「西野。いまの情報で検索してみてくれる?」

「了解です」

かたかたとリズミカルにキーボードを叩く音。

「これじゃないでしょうか。千葉県警北船橋署が、先月十五日未明に発生したひき逃げ事故の目撃情報を求めています。船橋市金杉(かなすぎ)四丁目の路上で、自転車で走行中の七十代男性が乗用車にはねられ、頭を強く打って死亡したとあります」

本人に確認するまでもなかった。

日比野には、目を見開き、瞳孔が収縮し、鼻孔が膨らみ、頬に力の入った顕著な『驚き』の反応が表れている。

絵麻はにやりと唇の端を吊り上げた。

「なるほどね。きみの殺人デビューはひき逃げだったのか」

顔じゅうあちこちの筋肉を痙攣させる日比野は、この短時間にさまざまなことを考えているのだろう。

「ひき逃げに使ったのは、自分の車？」

返事はないが、視線を逸らすマイクロジェスチャーだけでじゅうぶんだ。

「そうよね。レンタカーなら返却した際に傷がないかチェックするだろうし、孤独なきみには車を貸してくれる友人もいないだろうし……でなきゃ無差別殺人なんてくだらないこと思いつかないわよね」

激しい『怒り』。だが、日比野が口を開くことはなかった。

「どうしますか」

西野の質問に、絵麻は日比野を見つめたまま答えた。

「千葉県警に連絡してちょうだい。彼が原宿まで乗ってきた車は、いまどこに保管されているんだっけ」

「彼」のところで日比野を指差しながら振り返る。

「コインパーキングに入れっぱなしになっていたのを、所轄の外苑前署に移動したはずです」

「そう。よく調べたら傷とか、補修した跡なんかが見つかると思う」

「わかりました」

西野が取調室を出ていく。

絵麻の前では、日比野がうなだれていた。

「残念だったわね。これで少なくとも何年かは塀の中」

しばらく力尽きたようにじっとしていた日比野が、引きずるように身体を起こす。

「参りました」

深々と頭を下げた。それまでの態度が嘘のような、しおらしい態度だ。

だがその所作に、絵麻はかすかな違和感を覚えた。日比野が頭を下げようとした瞬間、視線が絵麻から逸れて扉のほうを向いたような気がしたのだ。

「認めるのね」

「はい。私は先月、自宅から車で三十分ほど離れた場所で老人をひき逃げしました。誤って接触したのではなく、最初から殺意を持ってアクセルを踏みました。以前より、一度でいいから自分の手で人の命を奪ってみたいという願望を持っていました。ただ、願望はあってもそれを実行できるだけの気力も体力も、そして度胸も足りないと感じていました」

人の生命を奪ったときの感触を思い出しているのか、日比野はときおり薄笑いを浮かべていた。社会的弱者の仮面が剝がれ、異常者の本性が覗いてきたか。

だが、ここまでは本当。

さっきの違和感の正体はなんだ？

神経を研ぎ澄ませ、日比野の一挙一動に向き合う。

「複雑な家庭環境も、ブラック企業で心身を疲弊したことも、なにをしても人生がいっこうに上向かないことも、すべて関係ありません。いい訳です。私は昔から……幼いころから人を殺してみたいと願っていました。けれど、実行に移すことができない自分の情けなさに憤り、鬱々とする日々を過ごしていたのです。そんなときにふと思いついたのが、乗用車でのひき逃げです。これならば――」

「嘘でしょ……」

無意識に心の声が漏れていた。

「いいえ。本当です。私は明確な殺意を持って夜の街を走り、標的を物色し、ひとけのない道路を自転車で走る老人を見つけました。老人は一瞬だけこちらを振り返ったものの、まさか後ろから追いかけてくる車が自分を避けずに衝突してくるなんてつゆほども思っていないようでした。私は興奮しました。彼は次の瞬間、自分の命が絶えてしまうなんて考えてすらいない。彼の生殺与奪の決定権を握っているのは、私なのです。その瞬間は、私が彼にとっての神なのです。私はアクセルを踏み込み――」

頬を紅潮させ、鼻息荒く語る日比野の言葉を「違う」と手を振って遮った。

演説を中断された日比野が、不服そうに絵麻を見る。

「きみいま、一つだけ嘘をついたわよね」

「嘘なんてついていません」

自覚がないのか、日比野になだめ行動はない。

だがたしかに、さっきの日比野の話の途中で一か所だけ、まばたきが長くなるマイクロジェスチャーがあった。見間違えではないはずだ。

もしもそうならば、先ほど感じた違和感にも説明がつく。日比野は完全敗北を認めたふりをしながら、視線を扉のほうに向けるマイクロジェスチャーを見せた。

あの瞬間、絵麻は思った。

日比野はまだなにかを隠しているのか――?

そんなはずはない。日比野は殺人を認めたのだ。これから外苑前署に向かうであろう千葉県警の捜査員が日比野の車からひき逃げの証拠を発見すれば、実刑は免れない。そもそもひき逃げだって被害者が飛び出してきたとか、不注意による事故だとか、いくらでもいい逃れできたはずなのに、日比野はそれをしなかった。罪を軽くしようとは思っていないのだ。
なのにこれ以上、なにを隠す必要がある？
先入観が視界を曇らせていたのかもしれない。
自戒しながら絵麻はいった。
「ひき逃げという方法を思いついたのは、きみ自身じゃない」
――そんなときにふと思いついたのが、乗用車でのひき逃げです。
まばたきが長くなったのは、そう発言したときだった。
自分で考えたわけではないのだ。
誰かから提案された。
日比野には、仲間がいる――。

6

西野が取調室に戻ってきた。小脇に抱えたクリアファイルは、千葉県警から取り寄せた資料のようだ。

絵麻とは長い付き合いだ。西野は取調室の空気の変化に気づいたらしい。

「どうしました？」

心配そうに絵麻と日比野の顔を見比べる。

「後で説明する。それ、千葉県警から？」

「そうです。メールで送っていただいたものをプリントアウトしました」

西野から受け取ったクリアファイルには、ひき逃げ事件の捜査状況がまとめられていた。

「当日は雨が降ってたので、本来あるべきタイヤ痕や、塗膜片などの遺留品が洗い流されちゃってたのね。現場周辺は人通りの少ない道路で目撃者はなく、付近に防犯カメラ等も設置されていなかったので、捜査が難航している」

「千葉県警の交通捜査課が外苑前署に急行するそうです」

「わかった」

遺留品は雨に流されたとしても、事故車両にはなんらかの痕跡が残っているはずだ。日比野はひき逃げで再逮捕されることになる。

「ところで、なにがあったんですか」

「聞いていればわかる」

絵麻は記録係の席を顎でしゃくり、西野を定位置につかせた。

あらためて日比野に向き合う。

「共犯者がいるのね」

背後でがたん、と椅子の脚が床を叩く音。西野が驚いてこちらを向いたのだろう。

「共犯者なんていません」

なだめ行動もマイクロジェスチャーもない。

どういうことだ？

「でも、自動車での殺人を思いついたのは、きみじゃない」

「私です」

その発言は、長いまばたきのマイクロジェスチャーを伴っていた。

「きみは誰かをかばっている」

「違います」

なだめ行動なし。誰かをかばっているわけではない。

「その人物は男性？　それとも女性？」

「また勝手に話を進めるんですか」

そういう日比野に、不審なしぐさはない。

男性でも女性でもない……？

いや違う。

「わからないんだ。その人物の性別が」

唇を内側に巻き込むしぐさ。当たりのようだ。

「ってことは、ネットで知り合った相手なのかしら」

「なんのことだか」

両手を広げてとぼけてみせているが、その直前に肯定のマイクロジェスチャーが出ていることに気づいていない。

「出会い系アプリ……いや、相手の性別がわからないのならそれはないか。匿名掲示板か、あるいはSNSか」

顕著な反応はない。

すると、西野の声が飛んできた。

「ゲームじゃないですか」

ゲーム？　絵麻には意味がわからなかったが、日比野は瞳孔を収縮させ、唇を内側に巻き込んでいる。西野の推理が正しいようだ。

それを踏まえて、絵麻は西野に訊いた。

「ゲームって？」

「ソーシャルゲームとかオンラインゲームです。いまはゲームで知り合って付き合ったり結婚したりするカップルも多いし、若年層が入り込んでいるから犯罪の温床にもなりつつあります」

「そうなんだ」

ゲームといえば子供のころにテトリスを少し遊んだぐらいだが、いまはそんなことになっているのか。

ともあれ、西野はお手柄だ。

「ゲームなのね」

日比野が硬直（フリーズ）する。

次に逃げ場を求めるように視線を彷徨わせる逃走（フライト）に移り、その後は戦闘（ファイト）に移行するかと思いきや、そうはならなかった。

「ああーっ。もう。なんだよ、畜生っ。なんでぜんぶわかっちゃうんだ」

日比野が天を仰ぐ。

もはや完全に戦意を喪失したのは、急所である喉仏を晒し、だらりと両肩を落とし、脚を投げ出した無防備な姿勢を見ればわかる。

「刑事さんのいう通りです。車で老人を轢（ひ）き殺（ころ）すというアイデアは、私が自分で思いついたものじゃない。キャンファーさんから提案されたものです」

「キャンファー？」

「ハンドルネームです。『ウィザード・アンド・ダンジョン』の」

「ウィザード……？」

「オンラインゲームのタイトルです。騎士とか魔法使いとかになって魔王を倒すような、ストーリー自体はよくあるＲＰＧなんだけど、自由度が高くて、ただ街で遊んでいるだけでも楽しいんです。キャンファーさんとは、ゲーム内の街の酒場で知り合いました。アバターは女剣士なんだけど、チャットの感じは男性っぽいと思っていました。私は異性との出会いを求めていたわけではなかったから、どちらでもよかったんですけど」

「そのキャンファーから、自動車を使った殺人を提案されたの」

オンライン上でそんな物騒な会話がされているのか。

「されたっていうか、私が人を殺してみたいけどその度胸がないといったら、それならこういう手段もあるんじゃないかと、冗談めかしていわれただけですが。いった後で、まさか本当にやらないよなと念を押されました」

だが日比野はやった。殺人衝動があることと実際に人を殺すことは大きく違う。暗い衝動を抱えていても、一線を越えないまま一生を終える者が大多数だ。

キャンファーなる人物は境界線上に立つ、一人の男の背中を押した。

「きみは、ネットで知り合った素性も知れない相手に、人を殺してみたいなんて打ち明けるの？」

「素性が知れないから打ち明けられるんじゃないですか」

日比野はあっけらかんという。

たしかにそうだ。匿名性の高いネット空間では心理学でいう『没個性化現象』が起こり、人は攻撃的になるという研究結果もある。

「それに……」

そこでいったんいい淀んだ日比野だったが、隠し立てしても意味がないと諦めたようだ。

「キャンファーさんも人、殺してるから」

「はあっ？」

思いがけない告白に、素っ頓狂な声が出た。西野も驚いたらしく、バタバタと転びそうになっている。

「しかも三人」

親指と小指を折り畳んで三本指を立てる日比野は、憧れのヒーローについて語るようにうっとりとした表情だった。キャンファーなる人物は、日比野にとって師匠のような存在らしい。

「あの人のほうから、人を殺したときの状況を克明に話してくれたんです。だから私も、殺人衝動について打ち明けることができました。キャンファーさんの話を聞いていると、まるで自分が殺したかのような、そのときの臭いまで漂ってくるような、そんな錯覚に陥りました。私もぜひやってみたいという思いは、日に日に強くなりました」

自己開示。他人には話さないようなプライベートな秘密を打ち明けることで、心理的距離を縮める会話術。殺人の経験など究極の秘匿事項だろう。

「そして、実際に殺人に及んだ」

車で老人を轢き殺した。

「あの日の夜は興奮していて、帰宅してからすぐにパソコンを起ち上げて『ウィザード・アンド・ダンジョン』にログインして、キャンファーさんが入ってくるのを待ち続けました。結局十三時間待ったけど、まったく眠くなりませんでした」

瞳孔の開いた瞳がらんらんと輝いている。人を殺した日の興奮が蘇(よみがえ)っているのか。

「ログインしてきたキャンファーさんに、ついに殺人を成し遂げたと報告したら、本当にやってしまったのかと驚いていました。私はキャンファーさんを失望させたかと心配しましたが、最後にはすごいと称えてくれました。そして、実際に刃物で肉を切り刻む感覚はやはり格別だから、いずれぜひ経験するべきだともいわれました」

「だから、無差別殺人に及ぼうと？」

ローボールテクニック。一度境界線を越えてしまった人間にとって、殺人のハードルは格段に低くなる。

それにしても、ひき逃げの次が刃物を用いた無差別殺人というのは、いささか飛躍が過ぎる。

すると、日比野は悲しげにかぶりを振った。

「キャンファーさんにそそのかされたわけではないんです。無差別殺人は、私が先走って勝手にやったことです。後悔しています。私にはまだ早すぎた」

「早すぎた？」

「はい。キャンファーさんがよくチャットで話していたんです。最終的には繁華街でたくさんの人を殺してから、警察に捕まる前に自殺したいと。私はとても魅力的な考えだと思っていました。そしていつしか、キャンファーさんの夢を共有するようになっていたのです。私も繁華街でたくさんの人を殺してみたい。逃げ惑いながら恐怖に歪む人々の顔を見たい。多くの悲鳴を自分の手で作り出したい……キャンファーさんからは、私にはまだ早いと止められていました。なのに、私は欲望を抑えることができずに先走ってしまった。やはり、キャンファーさんが正しかった」

そこまでいって、日比野は残念そうに目を伏せた。

「私のせいだ。私の浅慮が、自分だけでなくキャンファーさんを追い詰め、夢を奪ってしまう結果になる」

日比野にとっては殺人行為の隠蔽よりも。キャンファーの存在を隠し通すことのほうが重要だったらしい。

「汚らしい夢だこと。気持ち悪い自分語りはもうけっこう」

絵麻は吐き捨てるようにいった。「で、そのキャンファーは『ウィザード・アンド・ダンジョン』のアカウントを持ってるのね」

「はい」

「アカウント名は平仮名？　カタカナ？　アルファベット？　運営会社に問い合わせてみるから正式名を教えて」

日比野が不本意そうに口を歪める。

「もうじゅうぶんわかったでしょう。きみがいくらだんまりを貫こうと、私には無駄。この期に及んで躊躇しても意味はない。ちなみに、いまの質問の答えはアルファベット。まばたきが長くなるマイクロジェスチャーでわかった」

絵麻が自分の目を指差すと、観念したようなため息が返ってきた。

「キャンファーさんのアカウントの正式名はキャンファー・リリーです。長いから私が勝手にキャンファーさんと略して呼んでいました。綴りはC、A、M、P、H、O、R、ドットを挟んで、L、I、L、Y」

日比野が口にした綴りをメモし終えた瞬間、ふわりと胃が持ち上がるような感覚に襲われた。

キャンファー・リリー。

CAMPHOR・LILY。

「嘘でしょ……」

無意識の呟きに、西野が反応する。

「どうしたんですか。楯岡さん」

だが絵麻の耳には、その声は届いていなかった。

7

「くそったれが！」

筒井は空になったグラスをテーブルに叩きつけるように置いた。

「少し飲みすぎじゃないですか」

やんわりとグラスを取り上げようとする綿貫の手を押しのける。

「やめろ！」

通りかかった店員を呼び止め、「同じものを」とグラスを差し出した。だが、店員は先ほどの筒井の注文を覚えていないようだ。

「なんでしたっけ」

「……なんだっけ」

筒井自身も思い出せない。さっきなにを飲んだっけ。

「ほらあ。自分がなにを頼んだかも思い出せないなんて」

綿貫があきれている。

すると、対面の席からシオリがグラスを店員に突きつけた。

「黒霧島。ロックで」

「じゃあ、おれもそれだ。同じやつ」

「シオリちゃんも飲みすぎじゃない？」

「あ？」

綿貫を見るシオリの目は、完全に据わっている。

「明日も仕事なんだから少しは控えたほうが――」

「うるさいんだよっ！　あんたは父親かっ」

シオリに手で払われ、綿貫がびくっと身を震わせる。

平静を装っているが、実は筒井も面食らっていた。

「これが飲まずにいられるかっての！　だって理不尽じゃないですか。ねえ、筒井さん」

「あ、ああ。そうだな。理不尽だ」

ニューしんばしビル地下にある、筒井の馴染み（なじ）の居酒屋だった。綿貫を誘ったのは間違いないが、なぜシオリもいるのだろう。どういういきさつでこの面子（メンツ）になったか思い出せない。

ともあれ、シオリも事件の結末に憤ってくれているようだ。

日比野は原宿での傷害未遂、銃刀法違反に加え、一か月前のひき逃げ容疑で再逮捕された。千葉県警の捜査員が日比野の愛車を検分したところ、バンパー下部から被害者の血痕と毛髪が発見された。日比野自身が殺意を持って被害者を轢過したと認めているため、千葉県警としては殺人罪での起訴も視野に入れているようだ。そうなれば、しばらく娑婆に出てこられないだろう。

問題は、キャンファー・リリーの処遇だった。

キャンファー・リリーなるふざけたアカウント名で日比野に接触し、殺人をそそのかした畑中尚芳を罪に問えないなんて。

やつがそそのかさなければ、日比野は人を殺したりしなかった。

いわば、キャンファー・リリーは共犯者だ。

日比野は『ウィザード・アンド・ダンジョン』なるゲーム内で知り合ったキャンファー・リリーに触発され、一か月前に千葉県船橋市で老人を轢き殺し、その後原宿で無差別殺人を試みるに至った。

日比野いわく、キャンファー・リリーはすでに三人を殺害している。

それが事実なら大変なことだ。『ウィザード・アンド・ダンジョン』の運営会社にアカウント登録者の情報開示請求をしたところ、キャンファー・リリーは畑中尚芳であることが判明したのだった。

筒井と綿貫はふたたび亜細亜文芸社に畑中を訪ね、詳しく話を聞いた。

畑中は、キャンファー・リリーはゲーム内で作り上げた架空の人格であると主張した。三人殺したというのもあくまでキャンファー・リリーとしての設定で、作り話であり、ゲーム内で知り合った相手が本気にするとは思っていなかったと語った。

――私の影響で殺人行為に及んだ？　大の大人が？　嘘でしょう？　ええ。たしかにキャンファー・リリーは私ですが、あれはあくまでゲーム内だけの人格です。本当に人を殺すなんてありえませんよ。逆に訊きますが、刑事さんはゲームで知り合った顔も見えない相手が三人殺したと告白してきたら、信じますか？

ぐうの音も出なかった。なんの証拠も、告発も、被害者もいない殺人の告白。普通なら警察は動かない。

殺人教唆もしていないという。『ウィザード・アンド・ダンジョン』の運営会社からチャットのログを取り寄せ、目を通してみたが、たしかにキャンファー・リリーなる架空の人格が実行した殺人を告白しているものの、それを日比野に勧めるような文言はない。それどころか、殺人に逸る日比野を諫める発言のほうが多く見受けられた。

ひき逃げにかんしても、『そんな度胸がないのなら自動車でも使うしかないですね』

という言い回しはたしかにあったものの、その直後に『あくまで冗談です。真に受けないでください。普通の人に実行できるものではありませんので』と付け加えている。

この程度のやりとりで殺人教唆が成立するのなら、逮捕者で刑務所があふれ返るだろうと、筒井ですら思う。

だが間違いなく、畑中は日比野を殺人へと導いていた。その自覚もあったはずだ。

畑中は原宿の無差別殺人未遂事件のことは取材していたものの、その被疑者がオンラインゲームで頻繁にやりとりしている相手だとは気づかなかったという。

——日比野のことを以前から知っていたのかという刑事さんの質問に、私は知らないと答えました。本当に知らなかったんです。取材している事件の被疑者が、オンラインゲームでやりとりしていた相手だったなんて。

楯岡でなくてもわかる。ぜったいに嘘だ。いち早く日比野の起こした事件について取材を開始していること。西野の交際相手に直撃していること。筒井が接触したときの挑発的な態度。すべてが畑中の悪意を物語っている。

だが、証明はできない。最初に亜細亜文芸社を訪れたときに楯岡を面会させておけば、畑中がボロを出す可能性もあったのかもしれない。しかしもう、後の祭りだ。

「ぜったいに畑中には悪意があったんです！　間違いありません！　なのに、法で裁くことができないのなら、法律のほうが間違っている！」

一人で演説を繰り広げるシオリの熱量に、綿貫だけでなく、筒井ですら圧倒されていた。

「……でもシオリちゃん。畑中に会ったことない、よね？」

綿貫が素朴な疑問を口にした。

筒井も同じ疑問を抱いていた。オンラインゲーム上で日比野とチャットしていただけの畑中を、罪に問うことはできない。現時点で畑中に会ったことがあるのは筒井と綿貫、そして西野の交際相手である琴莉だけだ。総務課のシオリが知るはずもない。

「あ？」

シオリがテーブルに身を乗り出すようにしながら、綿貫に顔を近づけた。

「な、なに……」

困惑を顔に貼りつけた綿貫が、救いを求めるようにこちらをちらちらと見る。

筒井は気づかないふりをした。

「綿貫さん。さっきから私のこと、シオリちゃんって、ちゃん付けしてますね」

「あ。ごめん。馴れ馴れしかっ――」

「じゃあ私も下の名前で呼んでいいですか」

シオリがにかっと笑った。

「へ？　あ、ああ。もちろんかまわない」

綿貫は拍子抜けした様子だ。

すると、シオリが唐突に顔を横にむけ、こちらを向いた。

「道大ちゃん」

「は？」

予想外のタイミングで向けられた矛先に、筒井は顎を引く。顎だけでなく心理的にもドン引きする。

「私はたしかに畑中っつー男に会ったことはないけど、道大ちゃんのことはよく知ってるし、信頼している」

「よ、よく……？」

そんな関係だったか？

だが、くだを巻くシオリにいちいち事実確認をする気にはなれず、口を噤んでしまう。

「そ。よぉく知ってる。私たちは同じ警察官。つまり家族みたいなもの。だから道大ちゃんの痛みは私の痛み。道大ちゃんの怒りは私の怒り。ね？　そうでしょう？」

なぜだろう。かわいらしく口をすぼめられているのに、恐怖しか感じない。

「はい」

つい敬語になってしまった。

と思いきや、シオリに顎をつかまれた。

「敬語なんか使うなよ。よそよそしいな」

「す……」すみません、は敬語だ。「ごめん」

「よろしい」

にっこりと満足げな笑みを浮かべ、シオリが立ち上がる。

反射的に頭を覆ってしまいそうになったが、「トイレ」シオリはそういって洗面所のほうに歩き去った。

「やばいですね、あれ。かわいい顔してあんな絡み酒だったなんて」

綿貫がふうっと長い息を吐く。

「なんで呼んだ」

「呼んでないですよ。筒井さんが誘ったんじゃないですか」

「おれが誘うわけないだろ」

「じゃあ、誰が？」

「知るか」

気づけば人の懐に飛び込んでいるような、不思議な力を持つ女だ。

楯岡とは違う意味で厄介な存在かもしれない。

綿貫も同じように考えて、楯岡のことを思い出したのかもしれない。

「そういえばエンマ様、大丈夫なんですかね」

「なにが」

訊き返したが、本当はわかっている。

「ほら、例の、あの女に会いに行くとかいってた件——」

「ああ」筒井はいま思い出したふりをした。

「いいんじゃないか。好きにさせてやれば」

なにかいいたげな綿貫を視線から外し、調理場のほうを見やる。

「まだか、黒霧島。遅くないか」

わかっている。危険だ。

楯岡は、パンドラの箱を開けようとしている。

だが、自分には楯岡を止められないことも、筒井は理解していた。

8

「ふう。食った」

　夕食を終え、西野はそのまま背後に倒れ込んだ。後頭部で手を重ね、天井に向かってニンニク臭い息を吐き出す。

「食べてすぐ寝ると牛になるっていわれなかった？」

　手際よく食器を片付けながら、琴莉が見下ろしてくる。

「なれるもんならなりたいよ。大自然の中でのんびり草食って寝たいときに寝て。あーあ。来世は気楽な牛に生まれ変わりたい」

「いましがた美味い美味いって牛肉食べといて、よくそんなことがいえるね」

　琴莉があきれたようにいい残し、キッチンのほうに歩き去った。先ほど西野が胃に収めたのは、琴莉お手製の牛肉とにんにくの芽の炒め物だった。

　水を流す音と、食器同士がかちゃかちゃと触れ合う音が聞こえ始める。

　西野がいるのは琴莉のアパートだった。事件が手を離れたので、遊びに来たのだ。

「なんかさー」

琴莉がスポンジで食器を擦りながらいう。

「ん？」

西野は天井を見つめたまま応じた。

「この前、仕事行く前にゴミ捨て場に捨てていったはずのゴミ袋が、返ってきたら部屋の扉の前に置いてあったんだよねー」

「どういうこと？」

肘を支えに上体を起こした。

琴莉が手を動かしながら、ちらりとこちらを一瞥する。

「メモが貼ってあったの。『分別されていません』って、ボールペンで殴り書きしたような。中身を調べてみたら、単四電池が紛れ込んじゃってたから、たぶんそれのことだと思うんだけど、気持ち悪くない？　分別できてなかった私が悪いんだけど、ぱっと見じゃ気づかないよ、単四電池なんて」

「もしかしてあいつか？」

投げ出していた脚を折り畳み、胡座をかいて座る。

「あいつ？」

スポンジの動きが止まった。

「畑中」

琴莉は記憶を辿るような間を置いて、笑った。

「ああ。あれじゃない。違う。近所に住んでるおばちゃんで、すごく口うるさい変わった人がいるんだけど、たぶんあの人」

本当に覚えていなかったのだろうか。気にしていないふりをしているだけじゃないのか。

そんなことを考えながら見つめていると、視線を感じたらしい。

「なあに。そんなに魅力的なお尻かな」

琴莉が腰を左右に振る。

「うん」反射的に答えていた。

意外な反応だったようだ。少し間があった。

「ようやく気づいたか」

「最初から気づいてた。あらためて思っただけ」

「なんだよ。キモい。調子狂うなあ」

やや困惑したような笑顔が、こちらをちらりと見た。

ほどなく鼻歌が聞こえてくる。

「それなんの歌？」

「ヒゲダン」

「お笑い芸人の？」

「違うよ。そういうバンドがいるの」

「バンド名なの？　変な名前だな」

西野は立ち上がり、琴莉に歩み寄った。

「若者にめちゃくちゃ人気あるんだよ」

「おれはもう若者じゃないし」

「そういうこというのやめてくんない？　西野と同級生の私まで老け込んだ気分になる」

背後から琴莉を抱きしめた。

びくっ、と腕の中で肩に力が入る気配があった。だが、それも一瞬のことだ。すぐに力を抜いて身を委ねてくれる。

「なに。急に」

「なんでもない」

西野は琴莉の肩に顎を載せた。

「なあ、坂口」

「ん？」

「お互いを苗字で呼ぶの、やめにしないか」

　一瞬の沈黙の後、琴莉はふっと笑う。

「そうだね。私たち付き合ってるんだもんね」

「ああ。いつまでもそのままじゃいけない」

「わかってる。元クラスメイトだからつい昔の感覚のまま苗字で呼んじゃうけど、変だよね」

「っていうか、おれたち同じ苗字になったら、いまの呼び方はできなくなるだろ」

　琴莉が弾かれたように振り向く。

「苗字、変える気ないか？」

　潤んだ瞳と見つめ合った瞬間、臆病風に吹かれて弁解口調になった。

「一緒に住んだほうがいろいろ楽じゃないか。家賃も折半になるから、同じ負担額でもここよりもうちょっと交通の便の良いところに住めるかもしれない。おれもちょうど寮を出たいと思っていたところだったし」

　なにより、琴莉をいちばん近くで見守っていられる。

真意を図るような眼差しに晒され、西野はさらに早口になった。

「いや、別におれが寮を出たいがために坂口を利用しようとしているわけじゃないぞ。なんというか、むしろそっちは口実というか。たんに一緒にいたいだけというか」

琴莉の唇で口を塞がれた。

口づけをしながら琴莉がいう。

「苗字で呼ぶなっていったの、そっちじゃないか」

そうでした。すみませんでした。

だが、言葉を発しようとするタイミングで、琴莉の舌が滑り込んでくる。

ところでこの場合、プロポーズの返事は、イエスと解釈していいのだろうか。

西野は細い身体を抱きしめながら、そんなことを考えていた。

9

ガラス板の向こうで扉が開いた。

紺色の制服を着た職員に導かれ、女が入室してくる。肩までのばした黒髪と、いかにも賢そうな印象の、広くかたちの良い額。ノーメイクのはずなのに綺麗な薄桃色の唇の端が、絵麻を見て嬉しそうに吊り上がる。やっと会えた。そういいたげな表情だ。

「久しぶりね」

絵麻の言葉には返事をせず、女はしばらくガラス越しに絵麻を見つめていた。『喜び』を湛えた瞳が潤んでいる。

無言での視線の応酬は、たっぷり三十秒も続いた。

女が一瞬たりとも目を逸らしたくないという感じで、絵麻に視線を固定したまま椅子を引く。

そして、ようやく口を開いた。

「待ってたわ」

女の口調は、ほとんど恋人にたいするそれだった。

「ずいぶん手の込んだ招待の仕方をしてくれたわね。会いたいなら会いたいと、手紙の一枚でもくれればよかったのに」

「それで会いに来てくれた？」

「いや。あなたが送検された時点で、私の仕事は終わりだもの」

「ほらね」

だから自分のしたことは正しいのだといわんばかりに顎を上げる。

女の名は楠木ゆりか。元精神科医で、共犯の谷田部香澄とともに十二件の殺人で起訴された。すでに最高裁で死刑が確定しており、現在は東京拘置所で刑の執行を待つ身となっている。

もう何年前になるだろうか、絵麻は楠木ゆりかの逮捕時に取り調べを担当していた。思い出しても身の毛がよだつ。

ゆりかは自身の患者だった谷田部香澄を操り、さまざまな手段での殺しを楽しんでいた。標的はすべて男性だ。西野が拉致監禁され、殺されかけたことで、ようやく事件が発覚したのだった。

逮捕後、取り調べに応じるゆりかは、まるで自身の偉業を誇るかのような口ぶりで、人を殺した過程を子細に語ってみせたのだった。

「西野くんは元気にしてる？」

「おかげさまで」

「あなたたち、てっきり付き合うものだとばかり思っていたのに」

無表情を貫くつもりだったのに、ぴくり、と頰が痙攣する。

「そっちこそお盛んね。いまの旦那さんで三人目だっけ。とっかえひっかえじゃないの」

　ここに来る前に調べた。ゆりかは獄中で結婚と離婚を繰り返していたようだ。

「ええ。美貌の元精神科医にして殺人鬼というプロフィールに引き寄せられる、ゴミみたいな男には不自由していない。もっともご存じの通り、私は男に興味はない」

　そういいながら、なまめかしい視線を投げかけてくる。絵麻は全身の産毛(はけ)を刷毛で撫(な)でられるような不快感を覚えた。

「でも、外界とのつながりを保つのに利用価値はある。だから結婚しているのね。そして、利用価値がなくなったら離婚する」

　ここに来る前、絵麻はゆりかの別れた夫への接触を試みた。一人は普通の会社員、もう一人は資産数億円の会社経営者だった。ところがゆりかと別れる直前、両者ともに自己破産していた。

「利用しようと思えばいくらでも利用できるけど、往々にして頭が悪いのよ、そういう男は。死刑囚を精神的に支える献身的な夫。肉体関係どころか、相手になにも求めない。そんな物語を作り上げて酔っているだけ。馬鹿と付き合うのは疲れるの。だから飽きたら離婚している。それだけ」

「男性を暇つぶしの玩具(がんぐ)みたいにいうのね」

「暇つぶしの玩具以上の価値がある男って、存在するの？」

挑発的な笑みを、絵麻は鼻で笑い飛ばした。

「夫の畑中尚芳を利用して、日比野達哉に殺人を実行させたわね」

「ええ」

ゆりかはあっさり認めた。

畑中が『ウィザード・アンド・ダンジョン』で使用していたアカウント名であるキャンファー・リリー。その綴りを書き取った瞬間に、ゆりかの介在を直感した。

CAMPHOR・LILY。

CAMPHORは楠、LILYは百合の意味だ。おそらくキャンファー・リリーなる人物は黒幕ではなく、拘置所の楠木ゆりかに操られているだけだと、アカウント名を見たときに思った。

案の定、キャンファー・リリーこと畑中尚芳は、楠木ゆりかの夫だった。記者としてゆりかに面会を重ねるうちに、ゆりかに恋慕の情を抱くようになったようだ。

いや――洗脳されたようだ。

「だったら、なに？」

ゆりかがにやりと笑う。

「私は畑中に指示を出し、日比野という孤独な男に殺人を実行させた。けれど、畑中は日比野にたいして、直接的な言葉で人を殺せと命じたわけじゃない。畑中の話を真に受けた日比野が、勝手に人を殺しただけ。もちろん夫を罪に問うことはできないし、私のことも追及はできない」

「畑中にはどうやって指示を？」

　書面にしろ対面にしろ、厳しい検閲があるはずだ。

「そんなこと、あえて聞かなくてもわかってるでしょう」

　ゆりかは冷たい笑みを浮かべた。

「手紙であろうと実際の会話であろうと、まったく違う内容を話しているように見せかけながら真意を伝えることはできる。ミステリー小説の暗号みたいなものよ。幸いなことに時間は有り余っているから、そういうのをずっと考えているの」

「狙いはなに」

　ゆりかは待っていましたとばかりに『喜び』の微細表情を表出させた。

「そういうものが存在したら、いいのにね」

　絵麻はなんらかの感情が表れてしまわないよう喉の奥に力を込めたが、ゆりかは満足げに微笑む。そして、告げた。

「ないわ」

絵麻は胸の内に暗い霧が広がっていくのを感じた。なんとなくそんな気がしていたのだ。人を使って殺人をさせるゆりかになにか明確な目的があるのなら、それを叶えるなり、阻むなりすることで、間接的な殺人をやめさせられる。

だが、目的はないのだ。ゆりかはただ殺したくて殺している。

やめさせるすべは、ない——。

「あえて狙いを挙げるとすれば、私の刑が執行されるまでにできるだけ多くの道連れを作りたい……ってことかしら」

絵麻は冷たい言葉を吐き出す艶っぽい唇を見つめていた。

「どう？　話を聞いてみて」

「どうも思わない」

「嘘。『落胆』の微細表情が表れている」

真っ直ぐに向けられた人差し指を、絵麻は睨みつけた。

しばらく見つめ合った後で、ゆりかが手を叩いて笑う。

「冗談よ。私にはあなたみたいに微細表情を読み取ることはできない。けれど、精神科医としての知見はある。行動にたいする反応はだいたい予測がつくわ。あなたはいま絶望している。だってせっかく会いに来たのに、唯一の成果が、私を止めることはできないと悟ったことなんだもの。私と畑中を引き離すぐらいならなんとかなるかもしれないけど、そうなっても私には次の夫候補が山ほどいる」

　これ以上の話は無駄だ。

　絵麻は立ち上がった。

「待ってよ。もう帰っちゃうの？」

　無視して背を向ける。

「私なら、西野くんの心を取り戻してあげられるのよ」

　かっと頭に血がのぼった。

　振り返り、アクリル板に限界まで顔を近づける。

「彼女に手を出したら、許さない」

　絵麻の息でアクリル板が白く染まる。

　いつでも殺すことができるのだという警告。

　畑中が琴莉に接触したのは、そういうことなのだろう。

　見つめ返してくるゆりかの目の奥には、ぞっとするほど深い暗闇が広がっていた。

「許さないって、どうするの。私はすでに死刑が確定している。警察も検察も、もちろんあなたにも手出しはできない。私は自由を手にしたの。この東京拘置所で安全を守られながら、最低限の衣食住を保証されながら、死刑が執行されるその日まで殺人のプランを考え、指示を出し続ける」

そこまでいって、ゆりかはにんまりと目を細める。

「でも安心して。あなたを悲しませるようなことはしない。あなたは私を捕まえた。あなたでなければ、私を捕まえられなかった。あなたの魂が、私を見つけた。魂と魂が共鳴し合った。あなたは私にとって、失われた片割れ」

「違う!」

全身を走り回る不快感を振り払うように、絵麻は鋭くいった。

「どんなに離れても、互いの魂が求め合う。私たちは二人で一つ」

——違う!

喉もとまで出かかった叫びを呑み込んだ。このままではゆりかの思うつぼだ。

踵を返し、早足で面会室を出ようとする。

声が追いかけてきた。

「また来て! いいえ、あなたはまた、必ず私に会いに来る! だって、私たちは同じなんだもの! 一つの魂から枝分かれした存在なんだもの!」

部屋を出て廊下を歩く。自分の足音が反響する。

そんなはずはないのに、すぐ後ろから誰かがついてきているような気がした。

本書は書き下ろしです。

この物語はフィクションです。作中に同一の名称があった場合でも、実在する人物・団体等とは一切関係ありません。

宝島社
文庫

ツインソウル　行動心理捜査官・楯岡絵麻
（ついんそうる　こうどうしんりそうさかん・たておかえま）

2020年3月26日　第1刷発行

著　者　佐藤青南
発行人　蓮見清一
発行所　株式会社 宝島社
〒102-8388　東京都千代田区一番町25番地
電話：営業 03(3234)4621／編集 03(3239)0599
https://tkj.jp
印刷・製本　中央精版印刷株式会社

ISBN 978-4-299-00244-0